吹上奇譚
第三話　ざしきわらし

吉本ばなな

幻冬舎文庫

吹上奇譚　第三話　ざしきわらし

膝の上に皿を置いて　梨をむいておくれ
生活の手つきで　玉ねぎを刻んでおくれ
ちっちゃな幸福のサイズに沈んでゆくよ
世界がブカブカになってく
もっと　縮こまって頑なになって
不安を知らない　あの小さなスカラベのように
忘れ去られた二匹のスカラベのように

一年に数センチずつ　遠ざかってく月
僕ら二人だけ残して　膨張する宇宙
日が暮れて差し込む影の中に　すっぽり隠れてしまうよ
もう誰も僕らを見つけられない
息をひそめて
あの小さなスカラベのように

忘れ去られた二匹のスカラベのように

さあ　小さくなって丸くなって　踊ろうよスカラベのダンス
内側からドアを閉めて　鍵を閉めてチェーンをかけて
小さくなって丸くなって　踊ろうよスカラベのダンス
月明りだけの部屋で　薄い砂糖水を飲もうよ
小さくなって丸くなって　踊ろうよスカラベのダンス
ひとりぼっちにひとりぼっちを　重ねて　二つ重ねて

スカラベロック　作詞：原マスミ

夏の終わりのその午後、私は昼寝をしていた。ちょっとした昼寝にしては、深く眠りすぎていたと思うのだ。

その眠りの中で私は、深い緑の海に潜っていくような初めての感覚を得ていた。

そして不思議な夢を見ていた。

誰かが自分に別れを告げに来る。それは切なく甘くきれいな感じで、後味はまるでシャーベットのようにすっきりしていた。

重さがまるでない、よどみがない、なんの悔いもなく、わずらいがない、軽い羽のような感触だった。

とても上品な影が両手でスカートを広げて、「ごきげんよう、いろいろお世話になりました。とても楽しゅうございました。ありがとうございました」とおじぎをしているのを、まるできれいな景色を眺めるように、心に曇りなく眺めたような、そんな感覚。

それを見ている私の感想が「ああ、この人、こういう感じの人だったんだ」というものだったのも、謎だった。夢の中の私は、その人が誰だかはっきりとわかっているようなのだ。

しかし意識の中にあるいつもの自分は、別れていく主をさっぱりわかっていなかった。誰だったかな？　この感じは……誰の面影？　知っている人だけれどとても遠い。何回も会ったことがある人ではない。

そうして意識の底を探っているうちに目が覚めた。

夢の中で記憶の闇に入るときは、どこまでも深く潜りながら、小さな糸のはじっこが他にどんどんつながっていくのがわかる。ものすごいスピードで水の中を移動する感じに似ている。しかしいざ目が覚めてしまうと、思考のいろいろなノイズにかきけされて、全てがぼやける。


そのとき、現実のインターホンが鳴った。

「ミミさんにお会いしたいとおっしゃって、美鈴さんという方が訪問されてます。以前に何回かいらしたことがある方ですが、今お通しして問題ないでしょうか？」

門番がそう言い、続いて勇からはすでに許可が出ていると言われた。

母とこだちは出かけていて、勇は自分の棟にいた。

なんと安らぐことだろう、お互いになんの干渉もしないけれど、お互いを大切に思っているもの同士が、適度な距離を保って敷地の中にいるということ。そのことの幸せをいつも感じていた。もしかして、これこそが家族という感覚、私が幼いときにすっかり失って、知らずに来てしまった味わいなのだろうか。

妹が玉の輿に乗ったことに便乗した引き換えに、自分が門番のいる姫のような暮らしに慣れてしまったことははなはだ遺憾だが、そしてなによりも玄関までが遠いのが実にめんどうくさいのだが、いい面のほうが多いのでしかたがない。

次に違う暮らしになったときすんなり前のこだわりを変えられる心がまえだけは捨てないでいたい。

母は性格的に門番にお弁当を分けてあげるような人だが、「門番とはあまり親しくならないように、なぜならセキュリティの会社からあまり親しくなると思い入れができて業務に差し障ると言われているからだ」というようなことをこれまた気の弱い勇におずおずと言われ、あまりにもしょぼんとしていたらお弁当の差し入れは許可されたというなんともゆるい環境になっている。

なので母は門番が「小林さん」だということを知っている。

私は間をとって、名字を知っていても「小林さんこんにちは」とは言わないようにしていた。ただあいさつをして通過したり、事務的なことだけ話す。かといって書き割りの中の人みたいにには決して思わないようにだけ気をつけている。

そしてこだちはいつも門を出るとき、アイドルか姫のように小林さんに対してにっこりし、振り向かずに堂々と歩く。それぞれの性格の違いが出て実に面白い。

美鈴の訪問に対して私は一瞬だけ、「寝起きだから後でまた来てくれ」と伝えてもらおうか迷った。

しかし、美鈴の性格を考えてみると、あれほどの引きこもりで、しかも半日から一日待てば私はどうせ墓守ビング(墓守くんちの屋上を私が勝手にそう名づけた。ちなみに墓守くんには不評)に行くことがわかっているのだから、そこで会うのがいちばん簡単なはず。つまり自分の部屋から同じ建物の屋上に出れば最悪でも数日以内に放っておいても私に会えるわけで、彼女にとっての「こんな遠く」にわざわざ出てくるなんてなにかがおかしい。よほどのことに違いない。

そう思って、気持ちを切り替え会うことにした。

部屋に通してもよかったのだが、部屋はけっこう散らかっていたしお天気もよかったので、門のあたりまで迎えに行き、中庭にある噴水のベンチにふたりで座ることに決めた。

美鈴は捨てられた猫のようにちょこんと門のところに立っていた。私は門番にお礼を告げ、美鈴を招き入れた。

美鈴は心身ともによれよれな感じの様子だった。あまり悟られないようにさっと観察した。たくさん泣いたみたい、暴力を受けたのではなさそう、悩みごとがありそう、服のしわを見るに眠れずに昨日から着替えないでそのまま来たんだろう、そんな感じだった。

　そしてふたりでゆっくりと中庭に歩いていった。

　夏の終わりのすがすがしく涼しい空気が、あたりにおいしいパンの匂いのように満ちていた。まだ落ち葉はなく、もう空は高いのに雲だけはまだ夏の形。そんなふうにあちこちに夏のなごりを感じた。行ってしまう夏、人生で味わえる有限の香りを吸いこんだ。生い茂る木々の香りに潮の匂いが混じっている。

　部屋でポットに淹れてあったコーヒーをそのままとマグカップをふたつ、クッキーを数枚小皿に入れて持ってきていた。母がピクニック用と呼んでいる、いつも部屋の玄関に置いてあるトートバッグに入れて。

　私は全てにおいてとことんがさつだが、そういうところだけはマメなのだ。

　いつも私がそこに行くとすっとんでくるブルドッグのマーセリンが、母屋の棟の中から今日もすっとんできた。ブヒブヒと鳴きながらひとしきり私と美鈴に飛びついて遊んで、落ち着いて足元に寝た。その温かい毛に触っているうちに美鈴が心からの笑顔になったから、犬のもたらす効果は大きい。犬は人がしゃべれなくてもよれよれでもちゃんと愛をくれる。短い毛からおひさまの匂いがした。今までずっと母屋のテラスでひなたぼっこしていたのだろう。

中庭のベンチに座ると、美鈴が隣に腰かけた。噴水の水がちょろちょろと音をたててふたりの間にBGMのように静かに流れた。

私はコーヒーをカップについで渡した。湯気が立ちのぼり、いい香りがまわりにふんわりと広がった。美鈴は黙ってそれをひと口飲んだ。

美鈴の目はパンパンに腫れていて、まるで「ドラえもん」ののび太くんが泣きはらしたときの目みたいに「3」という字になっていた。

「どうしたんだ？　墓守くんからDVでも受けた？」

私は言った。とりあえずいちばんなさそうなことを。

「うわ〜ん。」

小さい子どもみたいに美鈴は泣き出した。うわ〜んという字がぽろっと出てきて、床石に落ちて溶けた。

なんて悲しい文字だろうと私ははっとした。泣いている人そのものよりも文字を見て悲しいなんて私もどうかしている。

美鈴が泣く様子を見て私は黒美鈴を思い出した。

子どもはあんなふうに子どもらしいのがいちばんいい。でも、大人が子どもみたいに泣くときは、なにか大ごとが起きたときだ。

「どうした、美鈴。」

私はそう言った。そっと腕に手を触れて。これ以上圧をかけたら振りほどかれる。そんな緊張感があった。でも触れなければなにも起きない、助けにもなれない。ここは踏みこむときだと思ってそうした。

彼女はがんばって泣き止もうとして、コーヒーをまたひと口ぐっと飲みこみ、ますます小さな子どもみたいな変なゆがんだ顔になった。

たまに思う。黒美鈴は美鈴の中になにかしらを残していったのではないかと。子どもらしさとか、素直さとか、そういうもののきらめくかけらを。

それがいつか彼女を救うかもしれない。

美鈴が黒美鈴の魂を身をていして救った、その行為に対する、人間には読みきれない因果応報とでもいうもの、それが時間差で意外なときにやってきたりするから、世界はいいものなのだと思う。

誰も見ていなくても、必ずゆっくりとあるいは唐突に力が均《なら》されていくという法則は完璧だ。世界や宇宙のいろいろなことは、しょせん人のちっぽけな、有限の感覚では追いきれないのだろう。

それは嵐があれば海底が洗われるくらいにつかみきれなく遠い、自然の大きな流れなのだ。それ以上にこの世に信頼できるものはないと思う。それを個人の生きている百年未満の中に理屈で閉じ込めるなんて、ありえない。それは宇宙をなめた行為だと思う。

黒美鈴と別れてから美鈴は前よりもずっと接しやすくなった。顔のまわりに以前は残っていた、話しかけづらい黒っぽく淀んだ閉じた気配がない。彼女の顔のあたりの感じは、最近いつも、生まれたての赤ちゃんのように無垢なピンク色だ。

「生理が来ちゃったんだ。赤ちゃん、できてなかった。」

美鈴は言った。

「それは残念なことだけれども、それはね、またがんばればいいじゃないか。」

私は彼女の肩をぽんぽん叩きながら言った。あえて明るく気さくに。

「だって、セックスがいやなんだもの！　千載一遇のチャンスだったのに。」

美鈴の口からそんな珍しい四文字がどんどんこぼれて、私は思わずふきだしてしまった。

「まあまあ、とにかく生理が終わったら、季節もいいし、いっしょに岬にあるカフェでも行こうよ。人のいない時間帯にさ。そして時間をかけてお茶を飲んで、きれいな海をながめよう。」

私は言った。

「海ならいつだって屋上から見てるから。」

美鈴はまだ泣いていた。口からこぼれるキラキラした字と涙が混じってとてもきれいだった。私はそれをぼんやりと眺めた。世界はこんなに美しいのに、悲しみの檻《おり》に閉じ込められていて気の毒だなあと思いながら。

「そんなこと言わないでさ。気分は変わるよ、きっと。」

私は言い、そして続けた。

「美鈴がそんなに妊娠をのぞんでいたなんて。育児ってけっこう外に出る機会が多い行事なんだよ。

美鈴が人間に関する、生きた人も死んだ人も含めてプロだっていうのはわかってる。でもさ、実にあたりまえの正しすぎてもはやばかばかしいくらいのことを言わせてもらうと、子どもっていうのはよほど特殊なケースをのぞいては、男女が肉体的にも精神的にも求めあって、たまたま授かるものなんじゃないの？　もちろん不妊治療というのもあるけれど、それだってふたりが決めないとできないことだし。もしも愛しあっていても自然に授からない流れなのなら、そういう人生だっていいものだというくらい、わかっているだろう？

美鈴の場合は、まず本人が健やかに安心して生きている状態を保つことのほうが先決だと思う。赤ん坊は荒療治すぎるというか。神様もそう思ったんじゃない？」

美鈴は私の顔をまっすぐ見て弱々しく微笑んだ。そして言った。

「すごくよくわかってるよ。わかってることを人に言ってもらうって、すごくいいものなんだね。子守唄のようだよ。わしはそのそもそもの最初のところがぶっ壊れてるからね。だからもちろんこれまで一回も子どもなんてのぞんだことはない。このままのわしとあのままのしょうちゃんが、おじいさんとおばあさんになって前後して死ぬまでいっしょにいて、ただ宇宙に消えていくんだと思ってた。

でも、うっかり子どもがお腹にいるかもと思ったから、夢を見てしまったんだね。この期間、なにを見ても親になることばっかり考えてた。自分が変わることができるように思えた。雲も星も、草も地べたも、みんなわしに優しく見えた。そんな体験は生まれて初めてなんだ。自分が生まれてきたことさえ、祝福されているような、そんな気がした。なんでセックスしないと妊娠できないのか、さっぱりわからない。」

「いや、それは基本でしょう。え〜と……、でも、方法は他にもあるような気がする。採って入れてさかだちでもしたら？　ちょっとここに採ってきてって試験管でも差し出してさあ。」

私は言った。

「それ、ありかなあ？　しょうちゃんに怒られないかなあ。だいたいそれって、ミミのさっき言っていた、『授かる』からほど遠くないか？」

美鈴は真顔で言った。

「背に腹は替えられないだろう。」

私は言った。

「それ、わしが手動で採らなくていいのかなあ、せめて。」

美鈴は言った。

彼女の目の光の中にはこの会話によってちょっとだけ元気が戻り、ほんとうに実行しそうな勢いがあって、まずいこと言っちゃったなと私は思った。

ごめんなさい、墓守くん。あなたから快楽を奪いましたよね。

「う〜ん、はちみつじゃないんだから、手動で採るって、あんた。でもその手間を考えると、単にやったほうが早い気がするんだけれどね。まあ、いいんじゃない？　墓守くんにお願いしても。慣れてる本人が慣れてる方法でサクサク出せば。」

私はそう言った。

「ガールズトークってほんと、生々しいな。」

美鈴は言った。

「いや、その概念をすでに超えてるでしょう、この会話は。」

私は笑った。

なんでこんなえげつない会話を、きれいな水が流れる音の響く中庭でしなくちゃいけないのかわからなかったのだが、内容と関係なく大きな雲が広がる濃い空の色がまぶしくて、心にまでその色が沁みてくるようだった。命の話なのには変わりないから、心は広がる。

ゆったりと流れる雲を黙って見ていると、それだけで心が整っていく。

ただ風の方向にならって雲が来てはいろいろな形になって去るだけなのだが、こんなショーを気楽に見せてくれている世界というものの存在がすでに奇跡だ。

そう思うのは、見ているものが人を追いたてるために人が作った時間の流れではなく、世界を包んでいる気の流れだからだろう。

美鈴は小さい子どもみたいにぽつりぽつりと言った。その速度は雲と同じ自然のリズムだったから、悲しい話なのに心地よくこぼれていった。寝ているマーセリンの背中に、ぽろんぽろんと言葉が落ちては消える。雪の結晶みたいに。

「わかってはいるよ。わしはまだ若いし、ほんとうにのぞんでいたらこれからなんとでもなるし、こうしてそのことを話せる人もいる。そのことのありがたみは、過去に苦労しているぶんよくわかっている。いつも友だちや通りすがりの他人が助けてくれた。そして今こうして自分にできる仕事をして自立してちゃんと生きている。だから自分を哀れんだり、トラウマがあるとかないとか、そんなレベルの話ではないことも、知ってる。」

「でも、なんでそんなにも妊娠していると思い込んだの？　兆候があったから？」

私は言った。

美鈴は空を見上げて、腫れた目のままで言った。字がぽろんぽろんと落ちてくる。

「それが……ここからが、今日の話の本題なんだ。」

彼女は落ち着いた状態にあれば、いつでもお母さんになれそうな大人のまなざしをしている。人生経験はかなり偏っていそうだが、美鈴は私の知っている誰よりも、人生について命について考えていると思う。子どもが生まれたら案外すんなりいけるのかもしれない。なのでそのまま次の言葉を待った。そんな彼女のこれまでの人生に好奇心を向けるのは失礼だと感じたから。

「今、わしの部屋の中に子どもの霊のようなものがいるんだ。いつも夜になると出てくる。姿は見えない。小さい子だから、黒美鈴ではない。あと、わしをいつも見守ってくれている弟の霊でもない。

夜じゅうその子は遊びまわったり、わしをのぞきこんだり、窓の外を眺めたりしている。だからこそ、お腹の中に子がいると確信していたんだ。

きっと子どもがやってくるんだ、その前触れとして子どもの気配があるんだと思い込んでいた、この数ヶ月。さっきも言ったけれど、とても幸せだった。もうなにもいらないと思った。生まれて初めて、ひとりじゃないと思ったんだ。わしが歩けば腹の中の子どももいっしょに歩いている、そのことがどんなに心強かったか。見えないお友だちや現実の男ではなく、この荒れ狂った世界の中で、物理的にひとりではないことがほとんど初めてだったんだ。いつもいちばん心細いときや怖いときは必ずひとりだったから。死んだ弟が生きていたときの、赤ん坊の姿のかわいかったイメージも何回もよぎった。今度こそ、死なせはしないと思った。

なのに昨日の夜中に生理が来て、悲しいやらどこかほっとするやらで泣いて泣いて、明け方にいつのまにか寝た。あの魂はもういなくなったんだと思っていたら、子どもらしきものはやっぱり出てきて走り回っていた。どうすりゃいいのか、わからないったら。上の世界に上げてあげるべきなのかなあと思ったり。でも、あまりにも楽しげなのでつい放っておいてしまって。」

美鈴は言った。

「別れるべき人と放っておいてだらだら同居しているっていう相談はよく受けるけど、これは初めてのケースすぎてほんとうに、なにがなんだかわからないね。それってざしきわらしみたいなものなの？」

私は言った。

「単に、わしの妊娠騒ぎに便乗してやってきた見知らぬ幽霊の子どもと暮らしているんだとしたら、それはそれでいやなんだよなあ。」

美鈴は言った。

「わるいものかどうかは、誰よりも美鈴がわかるんじゃないの?」

私は笑った。

「まず、プロのわしがそんな間違いをするなんて、そこからして奇妙なんだよ。だって素直にわしは思っていたんだよ。これはとってもいいものだ、これから来る赤ん坊の魂が遊びに来てるんだって。たまにそういうのをよそで見ることがあるんだよ。もうすぐ赤ちゃんが来る家の中で、小さいキラキラしたのが飛び回ってることが。だいたい、わしがそんな間違いすると思う? こういうことって職業柄、間違えた瞬間に命がなくなるくらいの問題だろう。」

美鈴は言った。

「確かにそうだね。」

私は言った。そのとき、私の口から思いも寄らない言葉が出た。

「実はそのものずばり、だけどすっきりとは行かずにひとひねりある、みたいなムードがこれからの感じなのかなあ。」

美鈴は急にプロの目つきになって、私をじっと見た。透明な目だった。深い深い、人類共通の湖の底を透かして見つめるその瞳。

「……ああ、あなたはほんとうのこと言ってる。わしにはわかる。でも、いったいなんのことだろう？」

美鈴は言った。

「言ってはみたものの、私にもわかんない。赤ちゃんのこと？　でも、きっとそのうちわかるんだと思う。」

私は言った。のんきな気持ちで。考えてもわからないことを考えたってしかたがない。

「そうだね、そう思えてきた。話せてよかった。話したら少し軽くなった。とてつもない人生の重みを感じてる気持ちでいたのがうそみたいだ。人が人とわざわざたいへんなことについて話し合いたがる意味が全くわからなかったのだが、しょうちゃんとミミのおかげで、初めてわかった。これは進歩と言えよう。なにせこれまでは思ったことをとにかく一切言わないという技術だけでなんとか生き延びてきたんだから。」

美鈴は言った。そして涙ぐみながら続けた。

「今はこのお腹に誰もいないんだね。今はとにかくそのことだけ、しっかりわかっていよう。そして、霊のチビについては、あと数日様子を見て判断しよう。ほんと、夢見ていたあいだは楽しかったなあ。淋しいよ、お腹に誰もいなかったなんて。あの存在のせいで、思い込みが激しくなっちゃってたから。」

「お腹が痛くなければ、今でもいいよ、ほんとに岬のカフェにでも行く？　乗せてくよ。気分転換になるかも。だいたいここまでなにで来たの？」

私は言った。

「歩いて。」

美鈴は言った。

「けっこうたくさん歩いたね。もはや誰もあんたのことを引きこもりとは呼べない。」

私は言った。

「うん、でも、今日は疲れたから帰る。いつかそのカフェに行ってみたい。あと、今日はわるいけれどもう歩く元気がない。話したら安心して気が抜けたし、わしのガソリンはつきた。車で送ってもらえる？」

美鈴は言った。

「もちろん。じゃあ、湾を下っていって、また登ってこよう。少し景色を見るといいよ。」

私は言って、車のキーを出した。

海のきらきらを見て、彼女の悲しみが少しでも溶けていくといいと思った。

マーセリンにクッキーをひとかけらあげて母屋に帰るようにうながしてから、午後のコーヒータイムセットを撤収して、ゆっくり歩いて駐車場まで行った。

そして私たちは車に乗って、残りのコーヒーを飲みながら、海沿いの曲がりくねった道を、ちょっとだけドライブした。

北へ北へと。

小さな湾は海に近づくにつれ車の左側いちめんの光に満ちたきらめきに変わり、山肌に刻まれた白い馬を回りこむように、道は海沿いに続いていた。ごつごつした灰色の岩肌が見える山々や沖をゆく大小の船たちの連なり。

きれいだと何回もつぶやいて窓の外を見ていた美鈴は、寝不足だったからだろう。やがて静かで深い眠りに落ちた。

赤く泣きはらしたまぶたを見せて、無防備に手と空のカップを太ももに投げ出し、口をぽかんと開けて。

そこに午後の光が降り注いでいた。彼女の細胞のひとつひとつを照らし癒すかのように。

彼女の親は彼女の味方ではなかったけれど、こんなに優しい光を与える自然はいつも彼女の味方だ、そう思えた。

岬のカフェの駐車場の手前でUターンして、ゆっくりと帰った。しばしの眠りが深いものになるように、墓守くんの家に向かって静かに美鈴を送っていった。

車を停めてそっと声をかけたら、美鈴はびくっとして、目を開けた。そして私を見てほっとしたような顔をして、むにゃむにゃ言いながら目をこすり、ありがとうと車を降りていって、振り向きもせずに部屋に入っていった。

なにもかもが小さい子といっしょだな、と私は思った。ある部分は非常に長けているのに、ある部分は全く手つかずのままだ。こういうのこそをトラウマの影響っていうのだろうなと私は切なくなった。

彼女の生きてきた人生を全く知らない。でもそのたいへんさを感じることはできる。私にはなにもできないが、どうかすやすやと眠ってくれ、と私は思った。海の景色と光が彼女の夢に忍び込んでいて、目が覚めたら少しだけ気分が良くなっているといい。

＊

虹の家の占い師のお姉さんが亡くなったことを住職から聞いたのは、墓守くんとその日の午後墓地で出会い、美鈴がうちに来たことも美鈴に生理が来たことも、あえてなにも告げないで普通に明るくあいさつを交わし、それぞれが広々とした墓地の中に散って持ち場で墓そうじをしているときのことだった。

墓そうじの仕事はあまりにも奥が深く、いつまでたっても飽きることがなく、日々心のそうじをしているようだ。

そう思っている時点で私ももう墓場の静けさの魅力にはまっているのかもしれない。

寺の外の車の音や雑踏の音が遠くにごおお……とかすかに響いているのに、墓地の中は瞑想的に静かで、たまにお参りの人の声が響くくらいで、遠くの雲が山と重なりもうひとつの山のようにそびえ立っていた。高い建物が一切ない敷地の中では太陽の移動もよくわかる。刻々と移り行く光が墓石を照らしてあちこちで美しく反射し、影を移動させていた。

住職からその知らせを聞いたとき、そして密葬をもうすませたと知って、あの恐ろしい妹は、星のマークが目の下にある歳のわからない人は、あの豪勢な、山の途中にある全くまわりに人がいない館で今たったひとりなのか、と思った。

そもそもあの姉妹がいなかったら私は今頃家族と暮らせていない。相手は仕事なので当然のアドバイスだったのだろうが、あれがなかったら私は今、母も妹も失っていることになる。それは想像も及ばないくらい悲しいことだった。

いっしょにいるだけで背筋がぞくぞくするような、会っている間じゅう魂をぎゅっとわしづかみにされているような、あまり会いたくない気味のわるい人たちではあったけれど、そのことに関しては心から感謝していた。

人に命を救われるとはああいうことなのかと思った。自分にない優れた技能を他の人が持っていて、その人にとっては大したことをしたつもりはないのに、その恩恵を受けた側としたら、その人がいなかったら生きていられなかったと思うほどの大きなことになる。それを人類がずっとしてきたと思うと、その成り立ちの姿のあまりの良さに感動する。私は人に対してそれができているだろうか？　できればひとかけらでもそのような生き方をしていきたい。自分は鼻歌を歌いながらしているようなことが、人を救う。なんてすばらしい、最高だ。

だから気が重いながらも、せめてお悔やみを伝えに行こうと思った。

「明日は、手伝いをお休みさせてください、墓守師匠。そして、お花を創ってもらえますか？　ちゃんと支払うので。虹の家のお姉さんに対するお悔やみの花を届けに行ってきたいんだ。すごく長生きした人だと思うから、重厚なやつ。あのベルサイユ宮殿みたいなインテリアの家に似合うようなゴージャスな。」

私は墓守くんに頭を下げてお願いした。

「オッケー、僕からのお悔やみの花も乗せて、ボリュームを増しとく。明日のお昼までにうちに寄って。」

墓守くんは「レレレのおじさん」のようにほうきを持ったまま、そう答えた。この無欲な姿勢がたとえ親や祖父母が遺《のこ》した資産に守られているからあるのだとしても、私は彼を愛する。まるで宝石のような人だ。

「ありがとう。両手で花を抱えて、大切に持っていく。運転中も助手席にそっときれいな形で置いておく。」

私は言った。その光景をすでに想像しながら。

それはきっと、人を乗せているようなのだろうなと思った。

実際その通りだった。

赤ちゃんを乗せるようにそっと両手で助手席に花束を載せた。

いい匂いと気配が助手席から漂ってきて、花束と小さな旅をしているあいだ、ずっと幸せだった。

優しい妖精といっしょにいるような。このままいつまでもいっしょにいたいような。

こんな小さな気持ちの集まりが人生の幸せそのものなのだと思えるような。

でも花はやがて枯れるし、今は一瞬で消えていく。はかなく美しい幸せという概念よ。

そんなことを思いながら、車を走らせた。

うっそうとした背の高い木々に囲まれた、廃墟のようでいて最低限人の手が入っている感じに包まれた虹の家のチャイムを鳴らすと、ずいぶん時間がたってからドアがそっと開いた。少女は前に会ったときのように落ち着いていた。目の下に星はなかった。きっとそれにも理由はあるのだろう。彼女は黙って私を家の中に招き入れた。私はそっと花束を渡し、お悔やみ申し上げますと言った。彼女は少し微笑んだ。

「お花をありがとう、とてもきれいです。そして姉に似合っています。あの、墓を守っている青年が創ったのですね？　特別な力で。この花束には秩序がありますものね。この世の盆栽というものがほんとうにしたいことって、自然を尊敬して模す、こういうことなんでしょうね。木と花の違いはあれど。」

少女は言った。

受けとった花束に埋もれて、彼女は以前よりひとまわり小さく見えた。

お姉さんが寝ていた天蓋ベッドのまわりはすでに薔薇《ばら》の花でいっぱいだった。ドアを開けたとたんに香りがしてくるほどに。

そしてベッドにあのお姉さんはもう寝ていなかった。ただ色とりどりの薔薇がたくさんあるだけ。霧に包まれ薔薇にエネルギーをもらいながらひっそり暮らす人々がいる「ポーの一族」の村のようだ。

そしてさすがの墓守くん、彼が創った花束はほとんどが薔薇でできていた。そのへんにこんなりっぱな薔薇は生えていないので、早起きして仕入れに行ってくれたのだろう。それと野ばらと、このあたりの野草の私には名前がわからない菫《すみれ》のような花がちょろちょろと混じっていた。そして美しい季節の葉っぱたち、それから緑のもみじの枝。

少女はいったん洗面器のようなホーローの器（よく映画の中で、昔の貴族が尿瓶《しびん》にしてるみたいなアンティークの）にきれいな水を張り、私の持ってきた花をひたした。

そうした生活の動きが彼女にはまるで似合わないのに驚いた。

その上彼女の動きはかなりのろくて、まるでからくり人形のようだった。私がやろうかと言いそうになったくらいだ。私が五十秒くらいでやることを、彼女は三分くらいかけてやっていた。しかしそれを黙って見ていたら、だんだんあせりが鎮まり、なぜか気持ちがすごく落ち着いた。

そういうのを見ると、その人のペースというのはなによりも尊重すべき、大切なものなんだなと思う。

「毎日、花を活けては、枯れたものをとりのぞき、活けなおし……気が紛れます。ちょうど姉の世話をしているようで。」

彼女は言った。

そして華奢《きやしや》なトルコ風のグラスにルビー色の液体を入れてそっと私の前に置いた。

思わず相談したくなってしまう雰囲気だったが、もう占ってくれるお姉さんはいない。寝たままむにゃむにゃ言っていただけなのに、あんなに存在感があったなんて、と不在になってあらためて私は思った。部屋の雰囲気は静かで薄く、前にあった魔術に満ちたような濃い空気はなかった。

飲んでみるとお茶はよく冷えたハイビスカスティーだった。

この人はなにも食べないでこういうものからエナジーをとって生きているのかもと思えるような濃さとおいしさだった。香り高いわずかな甘みはきっとはちみつだろう。しかも希少なものに違いない、そんな感じがした。

彼女は続けた。

「あなたは、ほんとうは私に力があって、姉はダミー、姉には力が全くなかったと思っているんでしょう？」

さすがに少しやつれてはいたが、少女の生意気そうなそして高貴なその表情に変わりはなかった。白く薄い綿の長いドレスを着て、黒いカーディガンを羽織っていた。裸足に華奢なスリッパを履いていて、足首の細さが少女らしさを際立たせていた。彼女が異世界人なのか、人間なのか、ハーフなのか。ほんとうは何歳なのか、私は全く知らないままだ。

そんな大事なことを知らないまま人づきあいできるなんて知らなかった。人生にはまだまだ未知のことがある。

「いや、そんなことはないです。私はあなたたちにとても深く助けてもらった。だから、信じてます。お姉さんの存在があなたにもたらしていた、何らかの透視能力を。」

私は言った。

「よく誤解されるんですけれど、姉はほんとうにいたんです。眠れる、意識のない姉に私が自分の才能を投影していたわけではないんですよ。姉はどんな遠くにでも行って、情報を取ってくることができたんです。それを私だけにテレパシーで伝えていたんですよ。見に行けるんだから、そりゃあ当たるに決まってますよね。

私にも多少の能力はあります。もし姉の霊言が私の潜在意識の創作したものだったら、私にはわかります。自分が創った別人格だったなら、必ず深いところでわかりますから。姉はいたんです。ひとりの人間として、ここに。そして先ごろ確かに亡くなりました。

あのときは、私たちが助けたのではなく、あなたが、そして勇敢な妹さんが、自分の力で今の幸せを勝ち取ったのです。あなたたちはぎりぎりのところまで行って、しっかりと求めているものをつかみました。私たちはそれを見ていました。全部を映像として観たのではなく、気配や流れを感じていました。嬉しかったです。姉も私もあまりはしゃがない性格なので歓声をあげたりしなかったけれど、まさにそういう気分でした。口出しはしないけれど、お客さまのその後は一応モニターしていたんですよ。実際に覗き見るのではなく、気配だけをね。そしてあなたのケースは、ああいう瞬間に、この仕事をしていてよかったというようなものでした。そういうケースがあると、私たちはよくしみじみそう思ったものです。」

彼女は微笑んだ。

「ところでこうして会っているのに変な質問ですけれど、あなたはまさか、幽霊じゃないですよね？　だって、私が前に会ったとき、あなたは『姉が死ぬときには私も死ぬ』と言っていた。だから会いに来たんです。もしかしたらもう会えなくなるのかと思って。そうしたら感謝を伝えることができないから。でもふつうにいたから、なんだか拍子抜けしてしまいました。」

私は言った。

ふふふ、と彼女は笑った。

「私もきっと死ぬのだと、消えるのだと、姉の遺体が消えたとき、思いました。そうなんですよ、亡くなった翌朝、午後には葬儀の手配をしていたというのに、姉の遺体は忽然と消えていたんです。

それを見て、ああ、あんなふうに私も消えるのだと覚悟していましたが、まだそのときは来ません。でもいつそうなってもおかしくはないと思っています。私たちがどういう仕組みで生きたり死んだり眠ったりするのか、私たちにもよくわかっていないのですから。人間との血の混じり具合にもよるのかもしれないですしね。

そして、残ったのは姉の衣類だけでした。

匂いさえ、なんの液体物さえも、ついていませんでした。着替えさせたばっかりの、きれいな服のまま。鼻血とか尿とかでいいから、残っていてほしかった。確かにあの人はいたんだと思えるような生々しいものが。

だからその服を持って、お寺に行って、住職にお願いして、その服を箱に入れて棺のようにして、小さなお葬式をしました。そしてそのあと、その箱を火葬してもらいました。

それはとても悲しい作業でした。これまでの人生の中で、いちばん悲しかった。ひとりであることがこんなにもつらいと思ったことはなかったです。いつもはひとりのほうがずっと快適だと思っているので。

だからこのベッドをお墓だと思って毎日お参りして気持ちを慰めています。推測するに、姉は多分、亡くなるときに能力の全てと引き換えに私を生かしたのでしょう。

別に生かしてほしくなんかなかったのに。私は廃業です。これからのことは全くわかりません。ここからの人生は未知なのです。姉が消えたら私も消えるはずだったのでね。でも、この場所を片づけたり、お花の手配をして活けたりしていたら、この手のひらに豆ができたのです。つぶれて、痛くなって、絆創膏を貼りました。」

彼女は今ではもうすっかりつるりときれいになっている小さな手のひらを私に見せた。そして続けた。

「私の体はまだここにあるのだな、と思いました。だから今はただ生きています。ぼんやりとこの窓の外が明けていき、世界中を照らす光が射し、空が青く光り、やがて夕方が来てみんなピンクになり、静かに闇がこの家を包みにやってくるのを、月が真珠のように丸く輝き空を渡っていくのを、起きてずっと見ています。

雨の日は、ずっと窓をつたう雨の粒を、暗くなるまで見ています。お茶ばかり飲んで。きっとお酒がたくさん飲めたら時間の流れももっと気持ちよかったんでしょうけどね。ああ、ちょっとおしゃべりが過ぎてしまいました。私もまだ不安定なんでしょうね。どんなに冷静を装っていても。

人と話すって、わるくないですね。自分たちのしていた仕事の良さが今、初めてほんとうにわかりました。人というものは、人に聞いてもらうことで、自分を見つけるんですね。」

彼女は微笑んだ。似たようなことを最近聞いたな、そんなふうに私はちゃんと人類の歯車の中で役立っているんだ、よかった、と思いながら、私はたずねた。

「あなただけでも、全然鑑定できるじゃないですか。続けられたら？」

「私は単なる通訳ですから。」

彼女は静かに首を振った。

「失業ですか。」

私は言った。

「その言い方、やめてください。廃業とか、引退という言い方があるんですからね。」

彼女は微笑んだ。鑑定のときとは違う、弱っているプライベートの姿。それでもある種の殺気を感じた。

ここを越えてきたら斬る、というような線を感じる殺気だった。

ほんとうの殺気というのは尖っていないものだ。３６０度にレーダーを静かに張っていて、入っていったら一瞬で消される、感情なく排除される、とても透明でシャープな感覚なのだ。

だから私も「これをきっかけに親しくなって、また遊びに来よう」などとはみじんも思わなかった。

そもそも気味がわるいんだから。この家も、この人も。さっきから体が帰りたがっているこの感じがその気味わるさの信ぴょう性を高める手伝いをしている。気のせいではない。ここは異界なのだ。

「実は、お姉さんは私にお別れのあいさつに来たんです。夢の中で、お姉さんに会ったのです。気配だけだから、多分ですけれど。お姉さんの性格の美しさが初めてわかりました。あなたがどんなにお姉さんのその部分を愛していたのかも、理解できました。ただ寝ているおばあさんなんだと思っていたけれど、あんな美しい魂を持つ人だったんですね。」

私は言った。

「あなたたち家族がこの街に住むことになったのを、姉は喜んでいましたから。なんていうか、爽やかな、ミントのような、シャーベットのような、そういう気配だったでしょう？」

彼女は言った。

「まさにその通りです。」

私は驚いた。

「それが、姉なんです。姉のもともとの持ち味の色。きっとみなさんにごあいさつしてから去りたかったんでしょうね。」

彼女は微笑んだ。

「私なんて一度しか会ってないんですよ？　まさか、近しいあなたにはあいさつなしではなかったんですよね？」

　私は言った。

「うん、そんなことはないですよ。姉は最後に、とてつもない感謝の心を私にくれました。私の魂はその中に溶けて、大きく広がって、宇宙まで広がって。私は満たされたのです。ずっとにこにこしていられるほどに。しばらくはこのままでいたいなと思うほどに。」

　そう言って微笑んだ少女は、まるで天使の後ろに後光が射しているかのように、大きく丸い幸せの中にいた。ひとりになって悲しい人の姿ではなく、苦しみの果てになにか美しいものを得た人のようだった。

　落ち着いていて、満たされていて、愛されていて、そこから思わずこぼれる微笑み。

　これがほんとうの微笑みというものなんだと私は思った。

「あれ？　あなた、子どもを連れてますね。うんと後ろに小さく見えます。でもあなたが子どもを持つ感じはしないし……。まあ、私は今、いずれにしてもあんまり観えないんですけれどね。」

「子ども？」

私は言い、すぐに美鈴の話を思い出した。

「私の友だちの家にいるっていう子なんじゃないかなあ。精霊みたいな、ざしきわらしみたいな。」

彼女の目がほんの少し透明さを増した。あ、美鈴と同じような目だ、なにかを観てるなと私は思った。勘を使っている。もうひとつの目で見ている。彼女にはやはりそうとうな力があるのだろうと私は思った。お姉さんと種類が違うだけだ。

彼女は言った。

「うーん、そういうこともあるかもしれないですよね。私が今瞬間に感じたことを精査せずにそのまま申し上げますね。

私と姉の場合と違って、あの方を守ってきた霊というのは、彼女自身の別人格と思われます。幼い彼女にとっては、完全に別人格と捉えられたのだろうし、そのほうが淋しくなかったんでしょう。」

私は言った。

「自分以外の、ほぼコミュニケーションが自分しか取れない神様とか精霊とか守護霊とか、そういうのにそんな区別があるなんて初めて知りました。自分由来か、そうでないのかなんて。ほんとうのところはあくまで永遠にふんわりしているものかと思っていました。」

彼女は微笑んだ。

「深く突きつめると、いっしょかもしれないですけどね。ただ、それを言ってしまうと人と人を区別するのはなにか、どこがつながっているのかという大問題に突き当たってしまうので、本人の自覚や解釈含め、あくまで便宜上のことです。神や霊の存在だって、便宜上あるとしたほうが簡単なので、あるものとして語ってますからね。

お友だちには一度、会ったことがあります。猫みたいにシャアシャア怒って帰っていきましたけどね。彼女は霊の味方で、私たちはどちらかというと人間寄りなので、霊に対する私と姉の『無視する』あり方が気にいらなかったみたいです。

霊っていうのは、彼女にとってはみんな小さくてひとりぼっちでかわいそうな存在に見えちゃうみたいですね。ご自身を重ね合わせて。でも、違うんですよ。そう見えるめがねをかけっぱなしでずっと存在していたら命が危ないところでしたけれど、彼女には勘がありますから、ぎりぎりだけれど生きる方向に舵をとる判断はできてきたんですよね。だからこれからもぎりぎりでなんとかやっていけるんでしょう。

彼女のあの能力が目覚めたのは、つまり便宜上そう言いますが、自分の人格を分離させて別の人格を創ることができたのは、幼い頃の残酷な体験ゆえにであります。

私や私の姉のように、持って生まれた才能ではないのです。そこが問題です。苦しみと能力の開花が結びついているケースなので、苦しみとお仕事が切っても切れないんですよね。ご自身を整えてしまうと、能力が消える可能性がある。それこそ失業です。それが彼女にもわかっているのでしょう。

あの有名なヤキインディアンのドン・ファンも言ってますものね。子どもはその人の魂のひとかけらを奪うって。それを彼女が本心から望んでいるかどうか。彼女がその苦しい人生の中でたったひとつ持っていたものは、幽霊とコンタクトする能力だけですからね。しがみついて離さないかもしれません。

それに関する天の意図はわかりません。まあ、なりゆきを見ましょう。この、ほんの少し読めない部分があることが、地上にいる最高の喜びなんですよ。

そう、あの方はまるで爆弾です。本人ばかりか、みなさんにとっての爆弾。そもそも精霊ではなくって、亡くなった人間の霊に体を貸すのは、よくないことですよ。現世を生きるのには、現世の感覚が必要なのですから。

そのくらいのものは、こんなに変わっている私でさえ持っているんですよ。私は近隣の知人に『道の駅』でちゃんとお買い物をお願いして届けていただき、新鮮な食べものを食べています。そうじはロボットまかせですけれどね。それから、近所の人が細々と作っている、増えすぎて狩られた猪や鹿の脂から作られている美しい石けんを、山や動物の神様に感謝しながら使っています。添加物の入っていないワインを少し飲む他には、お酒も飲みません。自分で庭の花を蒸留してフラワーコーディアルを作り、炭酸水で割って飲んでいます。さっきのハイビスカスのお茶もそうやって作りました。

そんなふうに、あの方も、現世にいるからには、ちゃんと心と体を養わなくてはね。」

美鈴がこの姉妹に観てもらいたがらないわけがよくわかるなと思いながら、私は聞いていた。わかっていてもできないことがあるというのが美鈴の全てだから、言われたくないと思うのだろう。そして言った。

「全く同感です。まあでも、友だちだと思っているので、今のところ、あのままを受け入れてます。」

彼女は甘く優しく微笑んで答えた。

「こちらの世界の人って、そういうところがありますよね。わかっていてもトラブルに飛び込んでいく。そういうところが、すごくスリリングで、かつ愛おしく思えます。」

トラブルという言葉にゾッとしながらも、私は言った。

「ところで、どう見てもいろいろわかってるじゃないですか。お仕事、続けられるのでは？」

少女は悲しそうにちょっと笑った。私の胸まで痛むような淋しい笑顔だった。

「門前の小僧っていうんでしょうかね。もちろん多少はね。でも今までのレベルでリーディングを提供できないのであれば、もう仕事は辞めるべきですから。

あのね、姉が私に語ることの中には、私には想像もつかない高レベルのことがあったんですよ。たとえばどなたかがいらして、私が『西』というイメージを強く持ったとするでしょう？　それで姉を見ると、姉は語るんです。『奈良県の生駒山《いこまやま》のふもとにいる親戚を訪ねて、あなたが知らない借金、お父さんがSがつく名字の人から借りていた四百万円を返してください。全額がむりなら百万円でいいです。でも八十万ではだめですよ。それで全てが動きます。』西は西でも、そのくらい、精度が違うんですよ。困ったことにね。」

「う～ん、それは確かに大違いですね。でも、そこまでではなくても、能力があるのは確かなことに思えますけれど。一般の占い師に比べたら、あなたの実力はかなり上なのでは？」

私から見たら、心を通わせることができたり意識があるようには決して見えないあのお姉さんだったけれど、それは私にとっての眠っていたときの母と同じ、かけがえのない、眠っていてもたとえ死んでいたって、そばにいてほしい存在なのだという部分だけは痛いほどよくわかった。

あの頃の私がいちばん怖かったのは、病院で眠ったままの母が気づくと息をしていない、そんな日が来てしまうことだった。今もほとんど生きてないじゃないか、だからそんなに変わるはずがない、と内心では思いながらも、そうなったとき自分たちがなにを支えに立ち上がるのか、見当もつかなかったのだ。

私はたまたまこだちが体を張ってくれたおかげで母を取り戻せたけれど、いつこの人のようにひとりぼっちになってもおかしくはなかったのだ。

幸運だった私を妬むことさえない、この人の人生の潔さを知った。

「クオリティを下げてまでリーディングするのも好ましくないですしね。今の私は幽霊みたいなものなので、明日には消えているかもしれないし、しばらくはぼんやりと過ごします。古い映画でも観ながら。」

彼女は言った。

「……いったい、どんな映画をご覧になるのですか？」

私は思わず聞いてしまった。

「くりかえし観るのは『マトリックス』のシリーズですね。キアヌ・リーブスが好きなんです。」

淡々と少女は言って、微笑んだ。

そうなんだ、と私は思った。思ったより新しかった。「天井桟敷の人々」とか「甘い生活」とか「道」とか「時計じかけのオレンジ」とか、そんな感じの古典しか観ない様子をイメージしていたのだ。

ずっと濃厚な薔薇の香りに包まれていたら、感情が薄くなって、空気に溶けてしまいそうだった。このままどんどん透明になって、この香りや場に違和感のない自分になってしまいそうな。

「わかった、美鈴と提携したら？」

絶対それはないとわかっていたので笑いながら、私は言った。

「ジャンルは似ているけれど、融け合わないというか。きっとお互いにストレスではげてしまいますよ。あなたこそが占い師になられたらいいんじゃないですか？　行動する占い師。そうしたらこのあたりの占い師だとか霊媒はもう飽和状態ですけどね。お客さまを取り合わなくてはいけません。」

彼女は小さく笑った。ふふふ、と声を出して。そして言った。

「もしも私が消えなかったら、また少し考えてみましょうね。私のこれからと、あと、彼女のことを。私と同じくわかってしまうことの孤独を知っている人です。健やかでいてほしいです。」

夢で見たあのお姉さんの存在の爽やかな気配を思い出した。確かにいたのだ、あの魂はここに。もしかしたら今もいるのかもしれない。

もう疑いはなかった。少女はうそをついてはいない。あのお姉さんはここで確かに仕事をしていたのだ。そしてそのことが少女の人生を支えていたのだ。

全く眠っているだけの母がいることが、私たち姉妹をあの頃支えていたように。

もう力を抜いて、少しは幸せになってもいいんだぞ、と私は自分に言い聞かせる。

あの頃ずっとしていた覚悟が、まだ体から抜けていかない。

用心というレベルではない、根深い恐怖が私を支配している。

それが「せいぜい安心の端っこくらいは握っている」というレベルになるまで、どれほどかかるのか。一生かかるかもしれない。でも、私は幸せをあきらめはしない。


少女に会った夜、恐ろしく淋しい夢を見た。

私はなにかに悩んでいて、その悩みに追いかけられて、走って走って虹の家にたどり着く。もう暗くなりかけている夕方の空を夢の中で見た。現実ではあの場所に車を使わずに行くなんてことはありえないのだから、夢ってさすがに夢だなと思う。

とにかく夢の中で私は、息を切らしながらあの家の玄関にたどり着いた。

玄関のドアはうっすら開いていて、光が漏れていた。そしてかすかな音が聞こえていたので、私はドアをそーっと開けて家の中に入った。

リビングには、誰もいなかった。

あの年老いたお姉さんが寝ていた天蓋つきのベッドがそこにはまだあった。薔薇の花もたくさん活けられていた。そして薔薇の香りが現実と同じようにあたりを取り巻いていた。

かすかな音をたどってもうひとつの部屋をのぞいてみると、真っ暗な部屋の中で点滅する光のようにTVがついていて、小さな音で「マトリックス」が上映されていた。若きキアヌ・リーブスが演じる黒ずくめのネオが映しだされている。

もう誰もいない。この家には誰もいない、そう思った。

小さなテーブルの上には、紅茶のカップが置かれていた。そして彼女はいなかった。彼女の着ていたであろう薄手のシルクのつるつるしたローブだけが、椅子の上にばさっと落ちたように置かれていた。消えてしまったんだ、と私は思った。

なんて淋しい、街からひとつ明かりが消えたようだ。心の奥底で深く頼りにしていたなにかがついえたようだ。

なんの関係もない人なのに、ほんとうに助けてもらったことがあるから、いつのまにかこんなにも大切に思っているんだ、そう気づいた。

気味わるくても、そんなふうに意味のある存在だったんだ、ありがとう。

目が覚めたら、自分が泣いていて驚いた。

あの気味わるい人の孤独をこんなふうに優しく受け取れるほど、自分が人生というものを愛していたなんて。

＊

「ただ消えちゃうなんて、そんな死に方はこの世にあるんでしょうか？　うちの母もそうなりかねなかったっていうことですか？」

バイトの前に本堂の前で住職に会ったので、あのお姉さんの死に方について聞いてみた。

彼は相変わらず大きくて毛深くて、勇とのつながりを感じずにはおれない。声も野太く、はっきりと発音する。それによって、日本語が外国語のように聞こえるのだ。この街にはいろいろな「少し違う」形の人がたまに混じっている。いつも「21エモン」というまんがの中にいるようだと思う。いろいろな形態の宇宙人を泊めるおんぼろホテルの話だ。それぞれに違う風習があり、食い違ってたいへんな争いになったりする。

彼は答えた。作務衣《さむえ》のまま、本堂をそうじしていたぞうきんを手に持ったままで。

「長い間この世にいすぎるとそうなることもあると聞いたことがある。あの姉妹に関しては、ほんとうの年齢も誰も知らないんだ。だいたいあの妹だって、自分には能力はないと言っているが、うそだと思うよ。お姉さんがいなくなって、もうやる気がなくなっただけだろう。あの仕事はなかなか引退ができないものだからきついよね。街の闇の部分をみんな見てしまうわけだし。街を底のほうでぐっと支えているお仕事だ。」

「生粋の異世界人は、そういう死に方をすることもありうるってことですね？」

私はたずねた。母があのまま眠り続けて、ある日消えたかもしれないと思うとぞっとする。

「うーん、ただ、私の知っている限りではいつでも普通にご遺体があって、お葬式をして、火葬しているけどね。」

住職は言った。

「あれほど変わった職業となると、本人がそうなると思い込んでいる度合いにもよるのかもしれない。」

「全くわからないんですね、私たちになにが起きるのか。」

私はびっくりした。こだちがいったん体を消して別の世界に行き、またこちらに出現させることができたように、なにができてなにができないのかもわからない。

「だって、考えてごらんなさいよ。クローン技術で生まれた赤ちゃんがどうなるのかとか、その子たちの寿命はどう違うのかとか、宇宙に住んだらどんな体型になるのかとか、我々には実のところほとんどわからないじゃないか。でもみなが思っているようなSF的なことはたいがい起こらず、寿命の違いはあれど、普通に生きて死んでいくことが大半だと予想される。

それと同じで、次元を超えてきた異世界の住人と人間が交わってできた人間たちが、どういうふうになるのかだって、個々の違いもあるだろうし、遺伝子の問題もあるだろうし、さっぱりわからないんだと思うよ。しかもそのことは歴史上なかったことになっているんだから、ほとんど研究もされていない。珍しい民族としてたまにレポートを書く人がいるくらいで。ミミさんのご親戚になったカナアマさんの家で一時期研究費を出して研究していたけれど、街の人がタブーをほじくりかえすことに大反対で、あまり成果も出なかったというではないですか。

屍人なんて観光資源にもなりはしないし、あんな姿に変わり果てたものが、誰かのご先祖様だと思ったらもはやタブーだよ。ただデータだけは大量に集めたということだろう。遠い昔に日本の一角に異世界につながる次元の穴があって、そこから人が出入りしていたなんていう話は、言い伝えとしては好まれるかもしれないが、現実の中では気味がわるいと疎まれるだけですからね。つまり、詳しく知りたい人が誰もおらんということなんですよ。」

住職は言った。

確かに、目立った被害や社会に影響を与えるようなものでなければ、たいていのことは一地方の一民族の言い伝えや風土病と考えたほうがいいという考えはわからなくもない。

私たちは吸血鬼のように「確かにいたのだろうが歴史の闇の中に消えていく」という存在であるほうが、騒ぎ立てて魔女狩りのようなことになるよりもいいのかもしれないと、親族がこの問題に関わっている人が思うのは当然だ。

この街全体がいまだそんな気配の中にいて、「21エモン」的な、不思議な夢を見ているだけなのかもしれない。

でもこれってわりと好きな夢だなあと、それどころではない立場なのに私はつい思ってしまった。いろいろな形の人が等しく生活しているというだけで飽きない。住職の腕の毛の濃さといったら、勇とほとんど変わらない。それがさわさわと風に揺れたりする非日常感がたまらない。

「このところ、屍人がいっそう減った。ついにみんな朽ちたのかもしれない。」

墓守くんがほうきを持って、まるで風向きをはかるように空を見て言った。

「え？　そんな、江戸時代くらいからずっといたものが？」

私は言った。

墓に水をかけて洗うと、なんでこんなに救われた気持ちになるのだろう。まるで自分が水を飲んでいるような、心を磨いているような感じがするのだ。

「まあ、永久機関ではなさそうだから。最近全く見かけない。たまに匂いはする。カサカサになっていた死骸はひとつ見つけて埋めた。」

墓守くんは言った。

「あのお姉さんが消えたのと、関係あるかなあ。」

私は言った。

「薄くだけれど、あるような気がする。僕たちがあんな生き物？　生き物なのかなあ、死んでるけど……にひんぱんに会っていたことさえも、夢だったのかと思うような時代がもうすぐに来るのだろう。」

墓守くんは言った。

「私としてはそのうち、手下みたいに使って墓をそうじできるような気さえしていたのに、残念だなあ。でも奴らは全く読めない状況でいきなり襲ってきたりするから、いないほうがありがたいけど。」

一度首を絞められた私の体からしばらくあのものすごい匂いが抜けなかったことを思うと、なんの情も湧かなかった。たまにお供え物を集めて餌としてやってはいたが、それもリサイクル業務のようなもので、決して愛情ではなかったし。そもそも懐いてもくれなかったし。

「ゼロになったという気はしないんだけれど、ほとんどがそのタイミングで朽ちたのかもしれない。だから最近たまに風に臭い匂いが混じっていたのかも。」

墓守くんは言った。

「こんなにも実際はどうだったのかわからないことに囲まれていると、なんていうか、自分が今生きることを必死にやる以外、なにもできないという気になるね。」

私は言った。

「お昼食べた？　港の近くの神社に座っていっしょにおにぎり食べない？　余計に握ってきたんだけど。」

「いいね。」

墓守くんは言った。

いつもは午後にさしかかった頃に寺の境内でさっとごはんを食べる私たちだが、そういうことでそのときは車で港まで下りていった。

車を停めて、墓守くんと私は、海に向かっている古いベンチに並んで座っておにぎりを食べた。

遠くから見下ろす海とは違う、すぐそこにあってあふれるほどのまぶしさを押しつけてくるような海。なにをしていても潮の香りがして気持ちがよい。魚や釣りの餌や網の匂いが混じった、本能がよみがえってくるような甘じょっぱい匂いだ。それにおにぎりの塩っ気と海苔《のり》がぴったりすぎて私たちはうなってしまった。

「この街はただでさえ変な歴史がいっぱいなのに、現実の歴史もそこに重なっているからわけがわからない。濃すぎる。」

墓守くんが言った。

「そう、濃いっていう言い方がいちばんピンとくるね。」

私も言った。

食後、ポットに淹れたコーヒーを飲みながら、座ったままで、きらきらうねる海を見ていた。そこだけが動画のように動き続けていた。あとはただただ動きのないのんびりした、人の気配がない午後の港。朝の漁を終えて漁船は眠るように停泊し、網は陽にさらされてきちんと干されていた。

墓守くんはあたりに生い茂った名もない黄色い花を数本、さっとはさみで切って持ってきたバケツに入れた。その手元がとてもきれいだった。

港のすぐそばに、一見洞穴に見えるがよく見ると人工的なきれいな穴が開いている。それについて墓守くんとしみじみと話した。

その場所には、戦時中、特攻隊が乗る潜水艇が隠されていたそうだ。今は漁師さんたちの物置になり、網やうきや朽ちかけた作業台などが打ち捨てられたように置いてある自然な洞穴にしか見えない。

もっと昔には、今は石で塞がれているその奥にも異世界に通じるポイントがあったのだと言い伝えにはある。勇の家の図書室にあるこの街の歴史の本にもその記述はあったらしい。勇から聞いた。

結局その船は出艇することなく終戦を迎えたのだが、このたった数百メートルの距離を死にゆくために港まで運ぶ、それはどんな気持ちに包まれた短い旅なのだろう。家族や故郷を守るために死ぬのは当然という透明な気持ちだった若い人たち。

午後の静かな港の時間はまるで全てがぴたりと静止しているようだから、流れていた過去の感情のほうがよほど生々しく思えた。

世界中のあらゆるところに、ここまではっきりとではなくても歴史が刻まれている。教科書に載ったらたった一行くらいになってしまうが、それに翻弄されて生きたり死んだりした人たちがたくさんいる。今現在はその力の中心はお金に置き換えられ、バーチャルなものに変わりつつあるが、かつては力＝国土だったのだから。

いかに技術が進歩していない時代のことでも、遺体を有効活用しようという人たちを私たちは恐ろしい考えだと思い否定するが、異世界の人たちから見て、争ったり、話し合わずに領土を暴力で広げている地球人たちのほうがよっぽど野蛮に思えたということは想像がつく。

世界には多様な考えがあり正解はないとしたら、できることは自分のモラルとそれに沿った生に感謝して生き抜くだけだなと、暗い穴とまぶしい港を交互に見つめて私は思った。

死んだ人間を動かして使うのも確かに残酷だが、死ぬためだけにリモートコントロールではなく人間が乗る兵器を思いつくのも、その両方をテクノロジーで解決できる現代になったら、今度は利権を奪い合って地球人が地球人を殺しているのも、種類が違うだけで同じくらい残酷なことだ。

世界中の作家が最終的に残酷さについてなんらかの見解を描くことになるのも、しかたないことなのだなと私は思った。

「美鈴の調子はどう？」

私は言った。

「あいかわらず内面の世界を迷走してるね。」

墓守くんは言った。

そのまま生きていてほしい、それだけでいい。この気持ちをゆるくしかし一回も手放さないでいたら、きっと彼女には伝わるはずだ。そして彼女の人生が少しずつ変わっていくかもしれない。そこに期待は全くせず、特に彼女を好きとさえ思わず、当然のようにただいることだけが肝心だ。そのあり方に関して、私と墓守くんは完全に同じ態勢を取っていた。ふたりとも本能的にこのポジションがいいとわかっていたのだ。こういうのを愛っていうんだろうと思う。つかず離れず優しくもせず心もこめず、ただここにいる。

「もしもあの環境に生まれなかったら、彼女はどんな人だったんだろうと思うことがある。」

墓守くんが言った。

「そして、もしそうだったら、あんな美しく無垢な人は、僕を好きにならなかっただろうと思う。そう思ったときの自分の、ほっとするような、ずるくてとても甘酸っぱい気持ちの分だけ、彼女に対して申し訳なく思う。誰もあんな環境に育つべきではないから。

そして、おばあちゃんが言っていたことをよく思い出す。当時街にはもう一軒台湾料理屋があったんだけれど、おばあちゃんの味とスキルの圧倒的な力にすっかり駆逐されて、お客さんが来なくなってしまったんだって。引っ越すときにその家のおかみさんが『あなたたち一族を一生恨む、孫子の代まで恨んでやる』って言ったんだって。そんなこと、強いおばあちゃんはもちろん全く気にしていなかったけれど、ただ『自分以外の人にそんなすごいことが言えるなんて、ほんとうにすごい人がいるもんだ』と思ったんだって。この世からはそんな人たちも一生消えることはないんだよな。」

私はただただうなずき、そして言った。

「そうだね、基本、それが人っていうものだと思うよ。自分の中にもそういうところはたくさんある。だから私はそうでない瞬間を少しでも増やしてるんだろうね。単にその面を出してると気分わるいからさ。」

職業病みたいな感じで気になってしまい、たまに他のお寺の墓地にふらりと入ってみることがある。

荒れたお墓は荒れたお墓なりに角が落ちたりして朽ちているし、もはや参る人もなくなり「もうすぐ撤去します」という警告を首にぶらさげられた気の毒な墓もあり、いつまでも昔にお供えされた枯れた花がうつろに花入れにささっている墓もある。

それはそれで自然な姿で、自然の一部としての時間の経過を感じる。

人が死ぬ、だんだんまわりの人は忘れていく、また人が死ぬ、お墓に入れる、前に死んだ人のことも必然的に思い出す。だからお墓がきれいだったり朽ちたりいろんな時期がある。その時代の人が全員死んだら、誰も来なくなる。それはなにものも逆らえないごく普通のこと。

ただ、墓守くんがいるあの寺では、そんなことは決して起きない。

墓守くんは寺をまるで英国庭園のように整えている。

そうか、彼にとって墓石は植木屋さんにとっての庭のようなものなのだなと思う。

人工的なものがあまり好きではなく朽ちたものにも美を見いだせる私でも、自然の動きに沿うようにしながら、春の花粉、夏の陽ざし、秋の大量の落ち葉、冬の木枯らし、そんな全てとてきとうに折りあいながら、ぴかぴかすぎでもなくおろそかでもない手入れをあそこまでこつこつやられると、ちょうど彼の創る花束への気持ちのように、「ここまで行くならありだなあ」と思う。

私は野に咲く花が好きだし、うっそうとした森が好きだ。計り知れないものを感じるから。

でも、墓守くんの創りだす人工は芸術だから好きだ。

足しすぎず、引きすぎず、主役は決して自分ではなく、自分の奥のほうの何かと相談しながら彼は墓をそうじしている。ただそれだけのことが積み重なって自然にできあがった景色が適度に居心地のいい清潔感をかもしだしていて、それは蜘蛛《くも》の巣や蟻《あり》の巣がこつこつ作られていつのまにか壮大な規模になっているのに、あっという間に壊されてもさほどショックがない感じとすごくよく似ている。

ちょうどインターネットの世界にもう死んでしまった人の日記が中途半端に途切れたまま残っているように、お墓というのはそこにあるだけで、その人のまわりの人の状況のその後までいつのまにか映しだしてしまうものなのだろう。

世話されているお墓の佇まい、私も今やそこから安らぎを読み取ることができるようになってきた。

東京にいるときは情報があまりに多くて、一日の中で時間が細切れになって、未来にも過去にもつながっていなかったような気がする。母への祈りや心配もいつも心にのしかかっていて、気持ちも張りつめていた。

でも今は、墓石ひとつ、スプレーマムというお墓でよく見る菊の花ひとつ見ても、自分という広大な物語の中での無限の積み重ねを感じる。記憶というような重いものではなくて、そこに自分がスプレーマムを見てきたいろんな光景とスプレーマム自身の生命の広がりが重層的に重なって、今の自分を豊かに分厚くしている、そんな感じだ。

世界の全てが記憶とつながりあって、そのもの以上にそのものの魂を感じるような。

こういう状態を健康というのだろうと思う。健康とはとにかく広々したものなのだ。

＊

私が雅美さんとふたりで配達に出るのは珍しいことではなかった。

現実的に補い合ってさくさく動く、実にいいコンビだと思う。

母のお弁当を配達するのや墓守くんの花を運ぶのに慣れているので、運動神経のいい私には、ドライバーとしての仕事が増えていたが、私にとってそれはしたいことだった。私はこまめに駐車するのも苦にならないし、繊細なものの気を遣う積み下ろしも好きだし、音楽を聴きながら街を眺めるのも好きだった。うちの母はどんな生きものなのかよくわからないのでどう歳を取っていくかわからないけれど、コダマさんたちはどう考えてもこれから老齢に入っていく。コダマさんも雅美さんも運転はできるけれど、少しでも手伝いができたらなと思う。恩返しできたらなと。そういうことを考えているときがいちばん気楽で幸せだった。なにせ探し求めなくても向こうから勝手に自己実現めいたものがやってきてくれるのである。

その日の仕事は最近増えてきたひとり暮らしのおばあちゃん案件であった。

夕暮れの街を二十分ほどかけて店から雅美さんといっしょに車で走った。移動している間にあたりはどんどん暗くなっていった。遠くの暗いオレンジをたたえた空に影絵のように街や雲のシルエットが浮かんできた。

私ひとりでも事足りたのだが、そのおばあちゃんは長年のお得意さんだからあいさつしにいっしょに行くと雅美さんが言った。

ギフトセットと、おばあちゃん自身の注文の季節のネクタリンジャムと、おまけの生ネクタリンを袋に入れて、後部座席にそっと置いた。近いから保冷剤もいらない。雅美さんがエプロンをしたまま助手席に飛び乗ってくるところはとてもキュートだった。

「孫が来るからギフトセットを買いたいし季節のジャムもほしいけど、歩くには遠くてお店に行けない、配達を頼めないか」というのが先方の依頼で、私がいたので即配達となったわけだ。

確かにおばあちゃんの家は町外れにあり、住宅街ではあったが家の前の細い道にはバスも通っていない。わざわざジャムのために街中の店まで出てくるのは難儀なことだろうと思う。

私たちはそっと家の前に車を停め、ドアチャイムを鳴らした。暗く沈む庭には、おばあちゃんがていねいに育てている植物たちのシルエットが見える。アロエがジャングルのようになっていてかっこよく、まるで恐竜みたいに見えた。

何十年も変わらない小さな玄関から、おばあちゃんがゆっくりと出てきた。

ギフトセット入りの袋を渡してお代をいただいた。雅美さんとおばあちゃんが健康について話をしているあいだ、車の後ろに立っていた。

おばあちゃんはぐちっぽくて、足が痛い腰が痛い、血圧が高い、年金が安いなどあらゆることを暗い声でぼそぼそしゃべる。雅美さんは真っ向から受け止めずにてきとうに流しながら、いつまでも明るい声ではげましている。おばあちゃんは人に聞いてもらえて嬉しかったのだろう、ぐちっぽさの中に少しずつ気晴らしのトーンが入ってくる。

そんな優しい声でなされる会話が夜を迎える路地に吸いこまれていく。ぐちも慰めもいなしもみんな音の波にすぎない。生きてるってこういう感じだなと思う。もしも体調がわるかったら人のぐちなんてめんどうくさくて聞いていてもだるいだけだろう。しかし体のねじがみんなうまく巻かれていると、なんでもかんでもうきうきするのだ。晴れているというだけで、星が見えてきたというだけで。

雅美さんの「じゃあね、またいつでもどうぞ」という声が聞こえたので、私は先に車に乗り込み、雅美さんが乗ってくるのを待ってその路地を出た。

こういう配達の仕事はこれからどんどん増えていくんだろうなと思う。街に若い人が少なく、お年寄りは山ほどいる。ついでにゴミ捨てとか買いものを手伝ったりすることもあるだろう。やりすぎず立ち入りすぎず、街でできることをしながら一見無為に生きる私たちのような若者も増えていくだろう。

吹上町をどんどん好きになっていた。

墓守くんの花束のおかげで。

小さな聖地を見つける旅のようなその視点のおかげで。

墓守くんは風景だけを見ているから、いい人の家の前には花束を置くなんていうことは決してしない。偶然が生み出したある良きポイント、あるいは邪気があるポイントに花を置いている。そこがいい。自然の一部としての街にしか見えていないのだ。人情などまるでない。でも結果的に街の人の気分が良くなる。つまり誰のことも裁いていない。

私の運転する車のライトが暗い道を照らす。道のはじにどぶの溝がある箇所から脱出したので安心だったが、真っ暗なので慎重に運転していた。

大通りに出る少し前の路地で、ちょうど猪のようにはっきりとヘッドライトに照らされた屍人を見つけた。こちらを見るしわしわの小さな顔、光る目。私が減速するとごそごそと路地に消えていった。

「うわあ、びっくりした。」

私は言った。

「墓守くんはもう見ないって言ってたけど、まだいるんだ。いやなような、ほっとするような。だいたいあの体、どんな技術で保存されているんだろう。それがわかったら勇がノーベル賞取れるんじゃないかな。」

「私……初めて見たかも。」

私が軽口を叩いているあいだ黙っていた雅美さんは目を見開いて言った。

「しかもあれは、中村さんちの親族だったように思う。私、小さい頃に聞いたことがあるの。中村さんちのおばあちゃんが、あれはうちのおばあちゃんの妹だって言ったって。土葬したけれど死体が消えたんだって言って。中村さんに顔が似てた気がするの。言っちゃなんだけど、中村さんを干し首にしたみたいだったわよ。こんなに長い時間がたったのにまだいるなんて。」

「もはや妖怪とか、雪男とかそういう次元のものかと思っていたけど、その話を聞くとほんとうにあれは、昔の人なんだね。ちゃんと昔に生きていた人。そう思うとなんだか苦しい。」

私は言った。

運転しながらしゃべることって、半分くらいしか入りこんでないぶん、みんな夢の中の会話のようだ。だからこそ浮かび上がってくる。あれは確かにかつて人だったんだ、そのときは家族や友だちがいたんだ。そしてそんなことをしていた感覚の人たちの末裔《まつえい》が今も街には絶妙に混じっているんだ。なんて奇妙なことだろう。

「中村さんちでももはや言い伝えというかタブーというか。そういう感じだったね。ずっと供養していたし。供養、効いてるのかな。だといいけど。」

雅美さんはやっとちょっと笑った。

猪や鹿やたぬきに会うことはしょっちゅうだけれど、屍人はなかなか見ることがないものだから、動揺するのはすごくよくわかった。

私も首を絞められた記憶から、彼らを見るとまだ体が少しこわばる。彼らがロボット的なものなのか、リビングデッド的なものなのか、バイオテクノロジー的なものなのかもよくわかっていない。勇なら知っているだろうから、今度話をしてみようと思った。

これはあまりにも極端なケースだが、よくよく考えてみると私たちは、別の生きものと意外に慣れて共生できているものだ。こんな海辺の街では道路を蟹《かに》が歩いていることがよくあるが、東京の人が見るとびっくりするらしい。インドに行けば道の真ん中に牛がいる。

フロリダに行けば見えるところにワニがいる。南米では野原に巨大な蟻塚がある。存在していることはわかっていても、最初はびっくりする。慣れると自然に認めて淡々と対策をする。そんなもんだと言えてしまう人類ってすごい。

だんだんと店や車通りが多くなってきて街の灯りが車の中に入ってきたから、助手席の雅美さんの顔がよく見えた。母のいない時期の私たちの心の淋しさを全て受け止めてくれたもうひとりの母の顔だ。

価値観が全く合わないしいっしょには暮らせない存在だったのに、だからこそ私とこだちは東京に出たのに、彼女のことはずっと好きだった。みんなでまとめて場として好きでいる、そんな感覚だった。誰かに注目したり、その欠点とか好きになれない点をピックアップしない。そのへんにいる、丸ごといる、そういうふうに接してきた。これぱかりは人数がいないと薄められない。

雅美さんがジャムを包むときの手つきの美しさ。そっと思いやりをこめて黙ってくれるときのまなざし。そういうものが私の彼女に対する「違う種類だからわからない」という心をいつもふんわりと浮かせていた。浮いた状態を保つのが私には合っている。突きつめすぎたらみんな毒になる。

「お母さんにネクタリン持ってく？　今回のはとても甘かった。」

この世のものならぬものを見た直後なのに、雅美さんはそうして生活の話をする。

「ちょっとだけもらおうかな。ジャムの分足りてる?」

私は言った。

「うん、もう作ったから大丈夫。アイスも仕込んだし。季節の変わり目は果物の変わり目だから、なんか楽しいのよね。慣れてきたと思ったら、もう次の果物たちがやってくる。梨でしょ、柿でしょ、ぶどうでしょ。今年はどんなできかなあと思うとね、わくわくする。一生がもっと長いといいのに! いつまでもやっていたいのよ。終わりがない楽しさね。」

雅美さんはうきうきした口調でそう言った。

こんなことがいつまでも続けばいい、と私は思った。音楽のようにその声を聴いていたかった。人生のいろいろが奏でる音は飽きることなく私を惹きつける。

*

美鈴は声が出ないから、彼女から電話がかかってくることはない。

連絡したいときは携帯電話にメッセージが来る。

私は母の弁当作りを手伝って、母を車で病院に送っていき、家で後片づけの洗いものをしていた。そのとき、墓守くんから電話がかかってきた。

「あ、ミミちゃん？　美鈴が会いたいって。今日うち来る？　そしたら寄ってやって。」

ものすごく親しい感じの声が響いて、驚いた。いつのまにこの夫婦（じゃないけど）と私って家族になったんだっけ？　と思うほどだった。なんの疑いもなく、飾りも気遣いもない。

「うん、今、ママの弁当の後片づけ。終わったら寄る。お墓のほうは大丈夫？」

私は言った。私のほうもなんの気負いもなく。

「午前中にそうじしたから今日は大丈夫。」

墓守くんは言った。

「オッケー、あとでね。」

私は言った。

人類って、こういう日常の会話さえ人とできていたら、「家族」とか「兄弟」とか「夫婦」とか、名前のついた人間関係なんていらないのではないだろうか。

自分がここにいてもいいのか？　と思いさえしないでする会話こそが、会話の本質なのではないか。

墓守くんの墓守サポートと花束サポートは基本的に無償だ。

でも、たまに墓守くんは余った花束や、しわしわのお札を数枚くれる。少ないけど受け取って、お手伝いしてもらってるから、と。それは住職からちゃんと支払われているバイト代の一部なのだろう。

額は毎回てきとうなので「木の葉のお金かよ」と思うんだけれど、お金が木の葉に感じられる気分も実に快適だし、てきとうながらちょうどいい額なような気がするのだ。私が手伝ってることに慣れてあたりまえにはなってないよね、という額。

それとは別に新鮮な花束はいつも嬉しい。家が明るくなる。それに墓守くんの花束はお金では買えない類《たぐい》の偉大なものだから。

コダマさんのところはたいてい週三くらいで午後バイトをしているので、ちゃんと時給でもらっている。食事は母の作った弁当の残り。家賃は自主的に払って積み立ててもらってはいるがほぼ無料。ライターの仕事はたまに来ると高速で仕上げてPDFで送るから、東京を離れていても重宝されてぽつぽつ来るし途切れない。たまに一冊の本を起こして編集して仕上げるという大仕事があるが、そんなときは打ち合わせで東京に行けるので楽しい。東京のお菓子やパンなどネットで取り寄せられないものをおみやげに買ってくるので、母とこだちにはいつも「今週は東京の仕事ないの？」と言われる。

そんな感じで絶妙なバランスでやっていけていて、将来に不安はない。

自分がこの世にいることがまわりの人を喜ばせているという自覚があるからだ。

そんな生活が流れる中での、全く意味のない、主語や意味をはぶいた会話。これこそが人間関係における毛細血管なのだ。

私は洗いものを終え、着替えて、車を走らせて美鈴の住む墓守くんのビルに向かった。海の匂いがむんむんする吹きっさらしの風、全てが光で金色に染まる緑に囲まれて、古いそのビルはぴかぴかに光っていた。

そのとき確かに、尖った感覚が頭のすみの暗いところをきらっと光りながらちらっとよぎったのだ。屋上ではためく色とりどりの洗濯物が旗のようだと思ったとき。そして私はそれを無視して忘れた。平和ボケだったのかもしれない。それはすぐ後に命に関わる事件となる。

一階にある美鈴の部屋のドアをノックすると、永遠かと思えるほど長い待ち時間のあとで、美鈴がのっそりと出てきた。

前髪があの有名な貞子という幽霊のように顔の前にばさっと落ちて、ぼさぼさと広がっていた。

そして、彼女は「この世にこんなダサい服があるのか」というくらいひどく色あせたピンクのスウェットの上下を着ていた。

「なに、その服。もしもデブが着たらブタだね！」

私は笑った。美鈴はまだ落ち込んでいるのかなと思いながら。

「……今寝てた。もう少しだけ寝たい。もうちょっと後で来てくれるブー？」

美鈴は言った。ブーという字が力なくあごにこぼれた。

「いちおうブタに合わせて返してくれたんだね、眠いのに、ありがとう。」

私は言った。

それに対するリアクションはなくただドアが閉まったので、私は屋上に向かった。

墓守くんはいつものように、花の水切りをしていた。

花たちはどれも小さなものだったが、あまりにも活き活きと輝き、屋上から見える空の色に負けないくらいの色彩を放っていた。紫、ピンク、赤、黄色。こんな色が手をかけなくても野原で生まれているなんて、すごすぎる。神様以外誰にも見ることができないような山奥とか、切り立った崖の途中にもこんな色彩があるなんて。世界ってなんて大盤振る舞いなんだろう。

墓守くんは墓にいるのと同じ淡々とした動作で、汗をかきながら花を活けていた。

茎や枝を切るときの気合いやはさみの切れ味で保《も》ちが違う。だからスーパーにある花束って全くイケてないんだよと彼はいつか言っていた。料理を作るのといっしょで、ていねいすぎても勢いを削ぐし、勢いがあっても雑だと結果も荒れるし、相手は生きもの、しかも切り花って刻々と死にゆく生きものだからこそ、ひとつひとつの過程が全部後に影響するが、結局は鮮度が全てなんだと。

墓守くんが花を活けている様子は私にとって最高に落ち着く光景だった。彼の花束は瞑想だ。この色とこの色、神様の創ったこのテクスチャー、その組み合わせの中に入っていくと曼荼羅《まんだら》のような効果があり、いつのまにか頭の中がすっきりとしている。

ここにはこの花しかない、この色しかない。無限の中に箔《はく》されたその小さな決定を見るたびに、真実ってあるんだと思わさせられる。

花束を見ると彼の考えが手に取るようにわかる。

ここはきっとマリーゴールドを入れたかったんだろうけれど、季節が合わなかった。だからといってオレンジ色の花をむりに持ってこないで、いっそピンクの野性的な百合にしたんだな、とか。その考えとひらめきの道すじは私の心を自由にする。

料理人の家の子だからだろう、どこか料理に似ていると思う。毎日毎日作られては消えゆくアート、しかし命に直結している。そして人の心の深いところに届く。

「美鈴、まだ寝てたよ。」

私は声をかけた。墓守くんは笑顔になった。

「最近の彼女は、夜あまり眠れていないみたい。そして幽霊の子どもと暮らしてるって言うんだよ。」

私が言うと、墓守くんは眉をひそめて言った。

「幽霊ってなんなんだろう？　今さら僕がこんなこと言うなんておかしいけど、そもそもほんとうに幽霊ってこの世にいるの？」

私はただ首を振って考えを言った。

「わからない。幽霊と呼ばれるようなものは必ず他の説明がつくことばかりだから。いるってあっさり言えないし言いたくない。ただ、幽霊的なものの出現する空間には、必ず同じトーンがある。湿ってるとか淋しいとかそういうのもあるけれど、それだけではなくて、強烈に狭い窓のない空間みたいな。いつも湿ってるコンクリートだとか、落ち葉が吹きだまって腐っている駐車場の隅っこだとか、昼なのに夜のように思える日当たりのわるい、窓の外は壁しか見えないビジネスホテルの一室とか。そこにいるとどうしようもなくわいてくる独特のあの気持ちが全部であるような、そんな次元に入ったら、誰でもある程度は幽霊らしきものが見えるんじゃないかなと思う。

だからああいう仕事の人が、人を救ったり助けたりする過程で、その独特の次元に幽霊という名前をつけて対処したほうが早いというのはよくわかる。理解のしやすさがあってそれが解決に結びついていればなんでもいいわけだから。」

話しながら、虹の家の妹の「便宜上」という言葉を思い出した。

墓守くんは深くうなずいた。その向こうには街と空がある。なんて屋外が似合う人なんだろうと私は思った。あくまで日本語の屋外であって「アウトドア」ではない。置いてあるテントやアウトドア用のいすがちょっと不自然に浮いて見えるくらいだ。

だから彼は屋上に墓守ビングを作ったのだろう。自分にどうしても室内が似合わないから。

墓守くんは春と夏と秋には屋上にいて、冬が来ると静かに屋内に入り、部屋をそうじしたりして整える。

花も季節によって全く違うから、季節が彼の生活を自然に作っていっている。冬なのにがんばって屋上にいたりしない。夏のあまりにも暑い日もそうだ。むりしないで自分の自然さを追求している。だから花の美も彼に沿っていくのだろう。

「それは僕とおおよそ同じ考えだ。彼女に関しては、あの仕事が彼女自身を救っていたところもたくさんあるんだろう。見えないなにかを救うたびに、自分もひとつずつ救われていったのだろうと。だからこそ危険でも放っておいたんだけれど。

今、彼女は子どもができたと思っていたこともあってバランスを崩している。それは彼女にとっていっそう危険なことでもあるだろうし、もしかしたら新しいことにつながっていることなのかもしれない。彼女の敵は彼女自身しかいなくて、変わるのが怖いという気持ちと、変わりたい、生きたいという気持ちがせめぎ合っているんだろう。

僕といるようになってから、彼女は少しずつ外に出るようになってきた。僕が半分屋外で暮らしているというのも出やすいという点においては大きかっただろう。昔はもっと顔つきも暗くて、出かけなさのレベルもすごかったんだ。三ヶ月部屋から出ないで寝てばかりいることもざらだった。

最近、理解してくれてありのままでも友だちになってくれたミミちゃんと出会って、彼女は少しだけだけれど生きようという方向に舵を切った、そんな気がする。

それによってもしかして、彼女が命よりも大切に思っているあの仕事ができなくなるかもしれない。あるいは、捨て身でなくなることで、あの仕事に対するキレがわるくなるかもしれない。それは彼女の生きてきた証、唯一のプライドを奪うものかもしれない。だから彼女の中に無意識の抵抗が生まれているんだろう。それがいろんな形になって噴出してるんだ。」

墓守くんは言った。おおよそ虹の家の少女と同じような意見だったので、私含め全員の見解が一致していることに安心した。

「つまりは私のせいだって言うのかよ。」

私は笑った。

「変化というのは基本的に当然だし、避けられない。どの方向に変化しようとも、それは自然だ。問題は彼女がしがみついてきたものを手放せるかどうかだ。自分ではしたいと思っていても、深いところでの抵抗はすごいんだろう。そこだけは誰にも手伝えない。」

墓守くんは言った。

「そうだよね……。こうなってほしいとは思えても、本人の問題だし、本人にしか調整できないよね。でもさ、毎日太陽の光を浴びて、よく体を動かして、暗いことは考えないのが絶対的にいいことです、とはいちがいには言えないから。確かに好きな人が元気で笑顔だとまわりは嬉しいものだけどさ、それは決してまわりが強要したり望んだりするべきことではない。」

私は言った。墓守くんはうなずいて、続けた。

「彼女は彼女の過去を詳しくは話さない。でも、今生きているのが不思議なくらいすさまじいものだったことは話や態度の端々からわかる。だから、簡単に『僕がついてるから乗りこえてくれ』なんて言えないよ。このスタンスだからこそ、長年をかけて彼女は僕を信用してくれたんだし。」

墓守くんは言った。

「ああだこうだ言ってないで、子どもを作っちゃったら？」

私は言った。

「彼女がその事態を受け止めきれるようであれば、きっといつかは。でも、今はまだそんな気がしないんだ。彼女自身がもう少し大丈夫にならないと、共倒れしそう。」

墓守くんは言った。

彼は「僕はなんであんな人を好きになってしまったんだろう」とは決して言わない。美鈴は彼の体の一部なのだ。もうあるものだからそのまま受け入れる、そういう愛なのだ。

いや、男の愛とは本来そういうものなのかもしれない。

私は美鈴が美鈴のような生活をしていることが美鈴にとって自然なんだから、好きにやればいいと思っているだけで、ちょっと違う。もしかしたらこれが女の愛なのだろうか？

そもそも墓守くんに欠点はあるのだろうか？　そう思った。完成されすぎていないか？

いや、きっとあるに違いない。違う角度から見たらいくらでも。でも私にはとりあえずそれが欠点には見えず、長所とセットになりすぎている。それが友だちというものなのだろう。

「まわりが出産ラッシュで……いや、まだ誰も子どもいないや。出産ラッシュになりそうで、今から楽しみなんだけど、みんなぐずぐずしてるから、私が調達してきちゃうぞって思うよ。なにせ一発でことたりることなんだから。」

私は笑った。

「そんなこと言って意気込んでても、いちばん早く赤ちゃんを産むのが君たちのお母さんだったりしてね。」

墓守くんは笑った。

「なんだかありそうすぎて、笑えない。そしたらあたりに何人子どもがいることになるんだ。しかもみんなちょっとずつ手伝いが必要そう。私、一生就職できない。いっそ託児所でも作るか、便利屋を開業するか。」

そう言いながら、私も笑った。

「ほら、どう考えても子どもがいるだろう？」

美鈴は言った。墓守ビングからの帰りに寄ったら、ドアを開けた美鈴はしっかり起きて白いシャツと黒いスカートに着替えていて、さっきのブタみたいな服ではなかった。

私は彼女の小さな白い部屋の中に招き入れられた。

そう言われたから部屋の中をよくよく眺めてみたけれど、なにも見えなかったので私は心からほっとした。

私にこの上幽霊まで見えたら、忙しすぎて生きていける気がしないし、怖いし。

一階でカーテンがほぼ閉まっていて薄暗い部屋なのに、そんなに暗い感じはしなかった。きちんとそうじも整理整頓もされているし、窓が細く開いているので換気もされている。

彼女がお菓子やインスタント食品さえめんどうくさがって買いに行かず、ほとんど食べていないということも、なんとなくわかった。さっき開けた冷蔵庫の中をちらっと見たら、チーズとお茶しか入ってなかったから。

「とりあえず今は見えないし感じないなあ。ところで野菜って好き？　冷蔵庫に野菜が全然なかったけど。」

と聞いてみたら、

「生は嫌い、体が冷えるから。味噌汁にネギなどは入れる。」

といういかにもな答えが返ってきた。

「体の調子はどう？」

私はたずねた。

「わしの生理って、どうせいつだってスカなんだよ。なかったり、一日で終わったり。お腹はまだちょっと痛いけど。頭痛もちょっとあるね。とにかく少し健康にならないとなあ。たまにおそるおそる外を歩いてみるんだけれど、すぐ倒れちまう。仕事のときはあんなに走ったり飛んだりできるのにね。」

美鈴は言った。

「飛ぶ?」

私は笑った。

霊なんて私には一生見えないんだろうと思っていた。私はどんな場所でも眠れるし、なにかの気配を感じはするけれどなにかを見たことはないからだ。

座っていて空間に慣れてきたら、明らかに私と美鈴以外の存在がたてる物音が聞こえてきた。

見えませんように、音だけで充分です、と私は思いながら、部屋の中を見た。

あまりにもさっぱりした部屋だった。いろんなものが白く塗られているから、ますます簡素に見えた。白いソファ、白い小さいベッド、白いローテーブル。それだけ。

本はそこここに積んであり、本棚はない。どれも今にも崩れそうだったが、趣味の雰囲気がある生きた色彩がそこだけにはちゃんとありほっとした。神秘学の本や古代宗教や心霊関係のおどろおどろしい本が多いのは彼女の仕事柄しかたがないのだろう。

「確かに、物音がするね。夜だけ出るんじゃなかったの？」

私は言った。

しばらくそこにいたら、まるで暗闇に目が慣れるかのように、気配を感じた。ごそごそ、からから、小さな音が部屋のあちこちからし続けていた。

そしてたまに、目の端に動くものが感じられた。最初は錯覚程度に、だんだん確信として見えてきた。

「たまにこうして昼も出てくるんだよ。逆に夜、全く気配がないときもある。」

美鈴は言った。

「ほんものの子どもは霊よりめんどうくさいよ。泣くし、おしめも換えないといけないし、熱も出すし、食べものもぶちまけるし。」

私は言った。

「それ、いっぺんに全部じゃないだろう。じょじょにだろう？　あるいは個別に起きることだろう？」

美鈴は言った。

「確かにあんたの言う通りだわ。」

私は言った。

そうしている間にも、部屋の中のできごとはどんどんはっきりしてきていた。かたかたかた、と窓を鳴らす音がしたり、小さなたたた、という足音が響いたりする。

ラックにかけてある洋服が順番に揺れる。ちょうど子どもが服の列の中を出たり入ったりして遊んでいるみたいに。

「このあいだは急に押しかけて泣いてごめんね。もともとはわしも子どもがほしかったわけじゃなかったんだよ。だって、基本いつ出かけるかわからない仕事だもの。ここに固定されたら商売上がったりだよ。『子連れ狼』みたいになるわけにもいかないしさ、お互いにとって危険だから。ただ、いるという感じを一回持ってしまったら、その幸せだった気持ちがどうしても消えなくなっちゃって。」

美鈴は売っているのではない、自分で作ったであろう謎の薄い色のお茶を、冷蔵庫の中のラベルのないペットボトルからコップに移しながら、振り向いて言った。

言葉は口から文字としてやってくるから、彼女の顔が見えないときはなにか言っていてもわからないのが、困るところだ。でも美鈴は不安定なわりにちゃんとわかっているし人を見ていて、言葉を発するときはこちらに見える位置に来る。

「あせることはないし、きっと美鈴は赤ちゃんを育てられると思うよ。引きこもり同然とは言え、そうして着替えもしているし、ろくに食べてないとは言ってもちゃんと生活に気をつかっているし。」

私は言った。

「ほんとに？」

美鈴はちょっと嬉しそうだった。その嬉しい文字が彼女の胸元ではずんだ。

「この間も伝えたけれど、限定することないじゃない。もしかしたらなにかの間違いでこれからセックスしちゃう日だってあるかもしれない。可能性がゼロとは言えないと思っておけばいいし。相手だって知らない人や獣じゃないんだから、全くありえなくはないよ。」

私は言った。

「うん、わしってちょっと頑なだったかも。霊しか友だちがいなかったもんで。霊？残留思念？残念な人たちの？そういうのとしかかかわってない。そんな人生だったから、ずっと。」

美鈴は言った。

お茶を飲んでみると、ほとんど色のない、しかし味は濃くて香りだけは良い中国茶だった。この街の変人たちはみんな、お茶には決して妥協しないんだなと私は思った。私はすぐペットボトルのお茶を買ってしまうから、まだまだだ。

「おいしいお茶だ。」

私は言った。

「台湾人のお客さんにもらった。その人が持っている空き家になった台湾のお化けアパートにひとりで泊まって、全部浄化して、お香を焚いたり説得したり。そういうのって宗教や国境を越えるんだよね。海外ではいくらだって出歩けるし、お香や花を買うために筆談で道を聞いたりもできるのに、なんで日本だとだめなんだろうね？」

美鈴はちょっと照れて表情を硬くしながら言った。

どれだけの硬さが、いったい何層になって彼女の中にあるんだろうと思うと、墓守くんの苦労がしのばれた。ここまで持ってこれたのだから、あとはあせらないことだ。

いずれにしても時間をかけて彼女は本来の彼女に戻っていくのだろうし、墓守くんは彼女にとって恋人である以上に親なのだろう。親とセックスしないのはあたりまえのことに思えるから、今の状況はむりもない。

「なんで、子どもってあんなにも親が好きなのかな？　好きじゃないと生き残れないから？」

美鈴が大まじめにそう言ったのが痛ましかった。

「だって考えてみなよ。わしほどたいへんじゃないにしても、あんたたち姉妹だって、どう考えたってたったひとりの親、まなびさんに縛られてるじゃないか。青春時代も、今も

ずっと。まあ、わしは一生親たちに会いに行かないし、義理の父親が刑務所に入ってても
もちろん面会も行かなかったけどな。」

刑務所か……と思いながら、私はちょっと考えた。そして言った。

「あたりまえすぎて、考えたことがなかった。でも、それは縛られているんじゃない。そう見えるかもしれないけれど、そうじゃない。基本、好きだからじゃないかな。好きで良くしてもらったから、近くにいたいだけ。それにほんとうに赤ちゃんのときには、誰でも最低限でも世話をしてもらったから、それが自分たちにしみこんでいるんじゃないかな。」

「わしも親にそんなこと、言ってみたかったなあ。そりゃ、生まれてすぐには最低限世話をしてもらったのかもしれないけど、多分それっておばあちゃんがしてくれたことなような気がするし。自分は覚えてないけど。とにかく親をちっとも好きじゃないんだ。父親と母親はわしがものごころつく前に離婚したし、その後の母親に関してはもう絶望だったから。もちろんわるい意味で人生に影響を与えた大きな存在ではあったよ。もちろん、好きじゃない。向こうもわしを好きじゃなかったし。」

美鈴が大まじめにそう言ったので、ただ胸が痛んだ。

窓辺にあるコップの中の歯ブラシが、音をたててくるくる回っていた。

「あれって、遊んでほしいんじゃない？　かまってほしいっていうか。」

私は言った。

「う〜ん、こちらも、コップに水入れたり、意味なく色紙を撒き散らしたりはしてるんだけどね。」

美鈴は言った。

「なにその慣れた対応。さすが専門家。」

私は言った。美鈴は微笑んだ。

「あの、気味のわるい占い師の姉妹いるでしょう？　あれとちょっと似た感じでね、いちばん最初の頃、わしの子ども時代には、死んだ弟の霊がいつもいていろんなことを知らせてくれたんだよ。ひろしは、わしの、幼くして亡くなった父親が違う弟の名前。義理の父に殺された。ちなみに奴はそのことで刑務所に入ったわけではない。全く世の中どうかしてるよ。

ひろしが生まれたとき、やっとひとりじゃなくなったと思って、わしはほんとうに嬉しかったんだけどね。どんなにかわいかったか。あの子を失った悲しみはまだ癒えないし、言葉にできないよ。

わしを助けてくれた霊がほんとうのひろしなのかどうかは、誰にもわからない。あの占い師の姉妹は、ほんとうに姉妹でユニットを組んでいるように思う。それぞれに存在して助け合っている。

でも、わしの場合は、ひろしはまだ赤ん坊だったから、違うかもしれないなと思う。わしの創りあげた、わしを守ってくれる架空の精霊のような存在なのかもしれない。でもまあ、とりあえず昔も今も、わしにとってはひろしの霊としか名づけようがないものだったし、実際に助けてもらったんだ。」

それを聞くだけで、そして彼女が弟の霊についての真実をうすうすわかっているということの切なさで、彼女の大変さがどれだけだったかがいっそうわかり、私は目を閉じてしまった。これ以上は話さないで、そのうちでいいというサインとして。

それは完璧に伝わって、美鈴は微笑んだ。

「大丈夫だ、ミミ、もうみんな過ぎたことなんだから。安心して。あなたが悲しむことじゃない。」

その笑顔は溶けるように甘く、私は今にいることを神に感謝した。

「わしは幼い頃ずっと目に見えないひろしといっしょにいたから、この仕事ができるようになった。ひろしはわしに危険がせまると知らせて守ってくれたり、熱が出たら添い寝して看病してくれたり、ひろしの霊らしきものがいなかったら、わしはとっくに死んでいたと思うよ。今も困ったときに突然助言をくれるのは、赤ん坊の姿をした天使のようなひろしだ。

　でも、ここにいるいたずらっ子は、ひろしとはどう考えてもキャラが違うんだ。ひろしはもっと静かで、優しくて、早くに天に昇ったからかずっと赤ちゃんで。だからこれって自分の子どもの魂なのかなと思ったんだけれど。

　昔はこういうことがよくあった。小さいときから見えないお友だちと遊んでいたからね。彼らはいつか帰っちゃうんだけど、合体して別の形で戻ってきたり、とにかくいつもなにかしら助けてくれた。霊なら、いい奴とわるい奴の区別も生身の人間よりはよっぽどつきやすい。そう思うと人間がいちばん恐ろしいってほんとうだね。人間は自分で自分を本気で欺くことができるから。」

　美鈴は言った。

「弟さんのことなんて言っていいか、とにかくお悔やみを申し上げます。でもさ、そもそも、それだったら除霊って向いてないんじゃないの？　そんなに親しんでいる霊たちを除いちゃうんでしょ？」

　私は言った。

「基本的には囚われてるつらい場所から解放して、行くべきあちら側に送る仕事なんだよ。それが彼らにとって自然なことだから。

合わないとか、嫌いな奴とか、霊でもいるけどね。そういう場合は割と暴力的に清めるよ。

だいたい、頼んできた人がほんとうに困ってなかったり、気に入らない場合、絶対に受けない。こちらは命がかかっているんだから。そもそもめったに仕事なんて来ないし。いくつか、スペインとか台湾とかイギリスですごい奴をあっちの世界に上げたんだよ。そうしたら口コミでたまに仕事が来るってわけ。あの、泉ちゃんのときみたいにね。でもさ……言いにくいけど、実際問題としてわしは人間なんて全然好きじゃない。だから、霊寄りではあるね、考え方が。」

美鈴は言った。

「人間が好きでないのに、結果、人を助ける仕事をしてるんだね。」

私は言った。

「うん、たまにちょっとは好きになれる人を見かけるからね。でも、ひどい場合もあるよ。仕事が終わったとたん、口もきけないみすぼらしいわしを、あっという間に切り離す人たちとかね。中途半端なお金もちや成金に多いかな。さっきまで最下位は被害を与える霊、それが消えたから、今や最下位であり生活の中の排除したい異物はわしになりました、みたいな感じ。

あとさ、ギャランティから、壊れた壁とか破れた服とかわしが飲んだ飲みものとかお香のお金を細かく引いてくる奴とかね。こっちはそいつらのために命かけてるんだってのにね。

このあいださ、しょうちゃんの家と隣の家の境にある塀が台風でちょっとだけポロっと崩れたのよ。その古い塀は、半分だけその家に接してるわけ。あとの半分はこのビルの裏の家と共有。そしたらさ、隣の人はさ、自分のところと共有してる部分だけ折半で直しましょうって言うわけ。また台風が来たら危ないからって。で、あとの半分については裏のおじいさんと話し合ってくれって言うわけ。しょうちゃんは大家さんだから、大工さんを知ってるじゃない？　そちらの大工さんを紹介してもらって、塀を半分だけいっしょに直しませんかって。聞こえはいいけど、自分のところだけ塀が崩れたら困る、あとの半分は古いままで崩れてあなたたちがどうなっても知らないっていうことでしょ？

人って、そういうところがあるものだよ。わしはよく知ってる。そうでない人がたまにいるとほっとするけどね。そういういい顧客がわしには複数いるんだ。そういう人の紹介でしか仕事は受けないよ。この仕事は、お金のために特技を活かしてるだけ。働かないと引きこもりもできないからね。あとは幽霊ってだいたいの場合敗者だから。現世での勝者の陰でうまくやれなくて死んでいった場合が多いから、なんとか楽にしてやりたいよなっていう、そういう地味な仕事だよ。」

美鈴は言った。

そのとき急に、ふわっと生あたたかい風が吹いた。同時に私の全身に鳥肌がたった。

洗面台のコップが床に落ちて、プラスチック特有の乾いた音をたてた。

窓からのかすかな光が、小さな子どものシルエットをうっすら浮かびあがらせた。

「おまえ、退屈してんのか？　いるのはわかってるから大丈夫だよ。」

私はそちらに向かって顔を向けて言った。

あわてたようにその子は動きを止めた。性別はわからない。シルエットがちらちら見えるだけだった。

しばらくしたら床にあったそのコップが、風もないのにこちらにふらふらと転がってきた。

「なんかいるねえ。」

私は言った。

「いるでしょ。」

美鈴は言った。

「けっこうはっきりといるね。」

私は答えた。

まるで小さい子が家にいる中で大人の話をしているママ友同士みたいな感じで、姿がないことが、そして子どもがたてるような健康的な音が響いていることが、いっそうの不健全さを際立たせた。家に来たお客さんに慣れてくるとだんだんはしゃぎだすところなんかも、子どもらしくてリアルだ。

「今はいいんだよ、昼間だし、人がいるし。でも、明け方にひとりで部屋にいるとき、小さな子どもがはしゃぎまわっている音を聞いていると、頭がおかしくなりそうになる。その、気が遠くなるような感じは、これまで人生で味わったことがなかなかない虚ろさなんだ。小さな子が家にいて、満たされているような輝いているような感じとはまるで違う。わしの人生はそもそもなにか間違っているのではないかという感覚が襲ってくる。ちょうど波が寄せてくるように。その感覚が昼まで残っていると、自分が生きていることが確かなのかどうかわからなくなってくる。でもわしは心のどこかでは知っている気がする。これこそがこの世の中のほんとうの姿なんだって。そしてこんなことに気づいてしまったら、素直にいろいろなことをシャットアウトして昼間の、現実の世界に入っていきにくくなる。

こういうことを考えないようにするために、みんな忙しく口や手を動かして人としての活動をしているけれども、実は裏側の世界のほうがほんとうの世界なのではないかとわしは思っている。そのことをほんとうの意味で知ってしまったら、もう普通の暮らしに耽溺《たんでき》することはできないのではないかとよく思う。かといって希望を捨てているわけではない。その時々で自分のできることをすればいいだけだから。

ほんとうは幽霊も明け方に部屋にいるなにかも、生も死も、過去も未来も、あらゆる可能性がいっしょに存在しているのがこの世なんだと思う。一度この視点を持ってしまったら、もう元には戻れない。いつもあらゆるものの存在を空間に感じながら生きていくことになる。」

美鈴は言った。

「そう言えば、ママを取り戻すために別の世界に入っていったこだちも、同じようなことを言っていたなあ。」

私は言った。そして続けた。

「まあ、あいつほどの強者《つわもの》はなかなかいないとしても、あいつは普通に結婚したし、いや、待てよ、あの相手って普通なのか？……それは置いといて、心の中のどこかではなにかごまかしているかもしれないけれど、楽しそうに暮らしている。やっぱりそれは不可能ではないってことだと思うよ。」

「あなたがそう言ってくれると頼もしい。わしは、たまに自分がどこに向かっているのかわからなくなるときがあるんだ。この暮らしに落ち着いたときは、たまに仕事をしてここに帰ってきて、しょうちゃんがいて、こうやって暮らしていけたらもうなにもいらないと思ったけれど、何年か経ったら、少しずつ安定が忍び込んできて、自分から全てを叩き壊してしまいそうで、とても怖かった。安定が怖いんだ、震えるほどに。

わしはただいっしょにいてくれる温かい人がほしかったたし、それさえあればもう大丈夫だと思っていたんだけれど、そういうことではないとわかってきた。自分の中の問題が解決しない限り、全部まやかしなんだなって。でもこのままでもいいんだけどね。このままもやもやしながらいっしょにいられたら、それはそれで全然かまわない。そう思ってた。解決すりゃいいってもんじゃないし、人生にきれいなオチなんてないから。

そしてあなたたち家族が不思議な形でこの街に越してきて、こんな生き方もあるのかとわしは刺激を受けた。その刺激をいじけではなく良きものにしようと、わしは今必死なのかもしれない。この子どもとの暮らしも、本気で『いなくなると淋しい』と思うようにはなりたくない。わしは霊についてはどうも甘いところがある。

さっきも言ったけれど、昔、ひろしの霊はわしの命を何回も救ってくれた。今は押入れから出るなとか、今日は家に何時まで帰るなとか言葉ではなく映像で教えてくれたんだ。

そして眠ると夢の中でにこにこしたひろしに会えた。あの子がいなかったら生き延びられなかっただろう。今もわしはいざというときにはひろしを呼び出す。危険があったらあの子は必ず夢か幻の形で出てくるようになってる。今、この状況に対してひろし自身の警告は全くないので、放っておいているんだけど。」

たまに部屋をよぎる子どもの影を、まるで母のような目で眺めながら美鈴は言った。

私にもたったひとつわかることがあった。この部屋にいると、見えない子どものたてる物音と共に、実際に目で見ている風景とは違って、小さい子の映像や実際には見えていないはずの服の色や靴下が床を踏む感じとか、そういったものがまるで見えているかのように頭の中に描き出されるのである。

脳が混乱する感じがして、美鈴の言っているおかしくなりそうな感じがよくわかった。もうひとつの世界をいつも感じているというのは、そういったことに通じているのだと思う。

ドアの隙間から小さい子のまん丸い目が私のほうを見ていた。まばたきをしない、吸い込まれるような目だった。

顔ははっきりと見えなかった。ただ、とても陽気な気配がそこにあった。黄色い服なのがなぜかわかった。男女の区別はわからない。その気配は陽気なのに寒気が止まらない。

じっと見ると顔がぼやける。でもぼんやり見ると顔が見えそうになる。ほとんどが影になっていて、やたらに黒く見えた。

着物を着てるわけじゃないんだな、と私は自分の心の中の「つのだじろう版」のざしきわらしの映像を現代風に上書きした。

私がにっこり笑うと、その子もにっこりと笑ったように感じられた。

気味わるいけどかわいいじゃないか、そう思った。

「遊ぼうよ、そんなとこで見てないでさ」

と私は言って、ポケットに入っていたどんぐりをころころとそっちに転がしてみた。

どんぐりは廊下の壁に当たって、その子の気配はいったん消えた。

「なんだよ、遊ばないの？」

私は笑いながらそっちに行って、どんぐりを拾い、猫を誘うときのように手元で転がして遊んだ。まるでいっしょに遊んでいるみたいな気持ちで。

決して供養を意図していなかった。その子の笑顔のイメージがそんな感じを引き出したのだ。

その子がどんぐりの気配とちゃんと遊んでいるということが見えなくても確信できた。

目には見えない世界を見るということは、このような感じなのだろう。

常にもうひとつの世界に足をかけている感じ。

私は体を動かすことが好きで、現実的に暮らしているのであまりこのように変なものを見聞きして気が遠くなりそうになることはないのだが、もしずっと家にいて体の動きが少ない中でこういう別の世界をずっと見ていたら、混乱するかもしれない。

ただ美鈴はもともとそのことに慣れているはずだ。なにせ職業が除霊なのだから。

なぜ今回に限って彼女がここまで動揺しているのか、それは、得られるはずだった子どもが得られなかったからなのか、それともこの状況自体が彼女の過去に深く関係があるからなのか、その両方なのか。

このタイプの混乱がやがて彼女を蝕むか、あるいは治癒に向かわせるのか。完全な治癒には至らないにしてもなにかのきっかけになる可能性は高い。私はこれを可能性ととらえたかった。

「昔、わしにも師匠のような人がいて、死んだおばあちゃんがわしを守ってるけど、いったんお別れしないとおばあちゃんが君をほんとうには守れないかもみたいなことを言って、お祈りしてわしのおばあちゃんを天にさくっと上げちゃったんだよ。そうしたら悲しくはないのに三日三晩涙が止まらなくてさ、あれには参ったよね。結局おばあちゃんは今でもたまに夢に出てきていろいろ話してくれるんだけど。ああいう、いくら正しいことでも急に強引にやっちゃうところだけは師匠でも好きになれなかったしなあ。あれだけは今も、やる気にならないなあ。だから、こうして部屋に住まれたり体を乗っ取られたりしちゃうんだけれどね。まだまだ判断を重ねていかないとわからないことがある。」

　美鈴は言った。そしてつぶやくようにぼそっと言った。

「師匠とはやれたんだがなあ、セックス。」

　私は思わずお茶をふきだした。

「それはさ、彼が保護者でも親でもなかったからじゃないの？　墓守くんと違って。」

　あわてて服や床を拭きながら私が言うと、美鈴は真顔で、

「あのときは恋してたからなあ。そしてしょうちゃんはそういうのではなく、わしの……お母さんという感じに限りなく近いからなあ。」

　と言った。

「さらに実の母親と義理の父親は、わしの脱いだパンツや裸の写真を幼児性愛者に高く売りつけてたからなあ。」

「言っちゃわるいけど、お父さんでさえないんだ、墓守くんって。そりゃ、異性じゃなさすぎるね、赤ちゃんを作るには。それとね、その恐ろしい環境でどうして美鈴はそんなにいい感じに育ったの？」

私は言った。

「おばあちゃんがいたからだよ。あとひろしやその霊が。そして子どもから搾取する奴らがこの世から滅亡すればいいと強く願ってすぐわしが家出をしたからだよ。わしがおばあちゃんの指示で虐待の様子を録音、録画していたから、探したらそれをお上に提出するとメールしていたから、奴らはわしを探さなかった。警察にも届けなかった。」

美鈴は微笑んだ。

「そしてわしはちゃんと戸籍と身分証明書を持ったままで奴らとほぼ縁を切り、年上の優しい、遺産を受け継いでセーフハウスのようなものを作って暮らしているアーティストのオカマの家に転がり込んだ。街をさまよって暮らしていたら、たまたまランチを食べていた居酒屋でいっしょになったお姉さんがわしの話を聞いてそこに連れていってくれたんだ。わしみたいな目にあったものは、大きい声や攻撃的な動きには耐えられない。その家の主だった彼も虐待家庭で育ったから気が合った。彼は優しかったし、しかし放っておいてくれた。猫が傷をなめて治すように、わしはそこで引きこもって、家事手伝いをしながら育って、リハビリをした。文化的サロンのような、コミューンのようなところで、いろいろな人が出入りし、いろいろなことを教えてくれた。建物の中でのセックスは固く禁止されていた。やりたきゃ外で合意のもとでってことだ。だからわしは二次被害にあわずに安心していられたんだ。

そこで師匠と知り合って、初めて恋をして、その家を出た。初めて動くものを見た雛鳥《ひなどり》のように、ずっとついて回ってた。師匠が死ぬまで。

師匠は山の上で小さな畑で最大限の収穫を得るやり方を生徒たちに教えたり、教えを請いに来た人たちと話したりしていた。霊らしきものを祓《はら》ったりももちろんしていた。

わしは師匠の子どもがほしかったのだが、その頃はまだ性器に傷あとが残っていて、しかも脱出当時にかかった医者がすごい勢いでせまく縫い綴じたんだろうなあ、痛くてあまりできなかったし、師匠だって痛がる若い女を欲で襲うようなダメな存在ではなかった。

わしが望んで、師匠はとてもわしを愛おしく思っていたんだろうなと思う。女としてではなく、人として。やったのは一回だけだったよ。すばらしい思い出だ。でも、子どもはできなかった。できないのかもしれないな、わしには子どもは。そろそろそれこそを認めるべきなのかもな。

師匠はわしに知識の全てを授けて、静かに死んでいった。そしてわしは山を下りた。

人々は異様に臭く、街ものすごく臭く、耐えきれなくて何年も苦労しながらこの仕事をしはじめた。そしてやっと評判がたって今の状態になったときに、夢でひろしが景色の映像を送って教えてくれたこの街に移住してきて、大家さんであるしょうちゃんに出会ったんだ。ふわふわ飛んでいる鳩の羽を追っかけてきて、この建物のこの部屋の正面についたんだよ。『ここに住みたいんです、この部屋に』とわしは言った。しょうちゃんは、今は人が住んでいるけど来月には出るから連絡すると言った。そして、でもどうしてここがいいんですか？　と言った。それを説明するために、ふたりで食事に行った。それが出会いだった。わしはその翌月越してきて、ふたりは自然につきあうようになったんだ。」

「大変な人生だったね……。そして、それでつきあいはじめるなんて、さすが、すごく変わってる。『鳩の羽がここに住めって教えてくれたんです』『ズキューン！　ハートを撃ち抜かれた！』なんて、普通ありえないから、やっぱりふたりはお似合いなんだね。ねえ、今はちゃんと、生きてるのを嬉しいって思ってる？」

私はたずねた。

美鈴は、なんでそんなこと聞くの？　という感じのとてもピュアな顔をした。きょとんとした顔だった。首まで少し傾げていた。

「いつもいつもだよ。そりゃあ、わけのわからない不調に襲われ、人と会うことさえできない日もまたたくさんある。

でも、この部屋に快適な気持ちでいるときも、仕事でする旅の途中も、ミミに会いに行くときも、ミミやこだちさんやまなびさんにごはんを呼ばれるときも。森を見ても空を見ても、生きててよかったって思う。ずっと息をつめていたぶん、今わしは猛然と人生の良さを後から回収してるんだ。多分今のわしの安心レベルは、ミミをはるかに上回っていると思う。だから心配しなくていい。」

そう言って、微笑んだ。

いいものを見た。この人は大丈夫だと私は思った。こんな笑顔を見ることができるなら、墓守くんはやっぱり苦労はしていないな、と私は思った。逆に、こんな美しさを世界が見せてくれる瞬間こそが、私の養分なのだ。ただもらうだけではなく、いい気を返したい。

＊

家に帰ったら母が畳に直接寝転び、爆睡していた。

すやすやというよりは、ぐうぐう音をたてて、大の字で。手も足も投げ出して。

そんなかっこうでもやはり母は美人だった。目のわきのしわとほうれい線がなかったら、若いお嬢さんのようだ。

にわかに心の奥底から淋しく暗い渦のようなものが押し寄せてきた。

ああ、この気持ち。これは少し前まで私がいやというほど知っていた気持ち。母が寝ていて起きないのを眺めている気持ちだ。目の前が真っ暗になる。あの頃、母は話しかけても、足をさすっても、腕をさすっても起きなかった。体温は低い。今にも目覚めそうなのに、ずっと眠っていた。

そんな頃を思いだしたら気が遠くなった。なのでそっと母の腕に触ってみたら、温かかった。

そうだ、大丈夫、私たちはどうなっていくかよくわからないが、こうしてここで歳を取っていけるのだ。そう思ったら感謝があふれて、生まれてきたことも、父が死んだことも、全てがよかったのだとさえ思えた。こんな瞬間がくるのなら。

気づかないうちに私は泣いていたようで、目を開けた母がびっくりして飛び起きた。

「ミミ、どうしたの？　いじめられた？」

母は言った。

「この歳になったらもう誰もいじめてこないよ。ママが寝ているのを見たらつい昔のことを思いだしちゃって。」

私は鼻声で言った。

「ごめんごめん、大丈夫。ほら、もう起きてるし。起きれるよ。前と違うでしょう？」

けろっとした顔で母は微笑み、私は心底ほっとした。慣れることはない、決してない。

母の命があることをあたりまえとはもう永遠に思えない。

「この気持ちは、急に襲ってくるものだから、ママにはなんの責任もないんだよ。」

私は言った。

「私も、寝ちゃうときは寝ちゃうから、どうにもねえ。まぶたに目玉でも描いておこうか？」

そう言って母は笑った。なんちゅう解決法だ。

「今日のお弁当はなんだったの？」

私はたずねた。

「煮たまご丼、鳥の手羽先揚げ載っけ。お父さんが好きだった、手羽先揚げ。もっと作ってあげたかったな。」

母は言った。

私の頭の中にも父が手羽先揚げを何本も食べながらビールを飲んでいる幸せそうな顔が浮かんできた。そんなときでも、父はいつも母をぼんやり眺めていたものだ。まるできれいな山を見るみたいに。

「まだ残ってる？　残ってたら食べたい。」

私は言った。

「あるよ。ちょっと待って。」

母は立ち上がり、保冷バッグの中からパックのお弁当を出した。

それを受け取って、冷たいまま（冷やご飯と味がしみた肉や卵の相性はばつぐんなのだ）、熱いお茶といっしょに少しずつ食べていたら、さっきまでの不安な気持ちは思い出せないほどに遠のいた。

人とたわいない会話をして、わざわざくっついたり抱きしめたり愛を宣言しなくてもちょっと体の一部を触れ合わせて、いっしょの空間で食べるとか飲むってすごいことだ。どうしたって「今」というところに引き戻される。

「どんなにたいへんなことがあっても、人ってちゃんと忘れていけるんだね。」

私は言った。

「私の看病のこと？」

母は言った。

よく見たらドラえもんがたくさんプリントされたTシャツを着ている。こんなところが浮世離れというか、ありのままというか、彼女の不思議なところだった。

「そう、あの時代。あの時代とひとくくりにできるほどに、遠く感じる。あんなに毎日必死だったのにな。」

私は言った。

「ねえ、温泉行こうか。ここでうたた寝したらちょっと冷えた。温泉行きたい。」

母は言った。

急だね、とも言わずに、私は口をもぐもぐさせながらうなずいた。

母がてきとうにタオルを例のトートにつめて、近所のホテルに電話をかける。

「やってるって。」


それから十分後には、私たちは海を眺めながら風呂に入っていた。

近所のホテルの立ち寄り湯に来ていた。最上階に大浴場があり、露天風呂からは海と街が一望できる。遠くには白い馬の彫られた山も見える。墓守ビングとは違う、もっと高台からの海だ。裏山が建物のすぐそばに迫っていて、高いところをとんびがたくさん飛んでいた。時間帯が微妙なせいか、大浴場には他に誰もいなかった。

「風に吹かれていると、私って、もしかしたら幽霊なのかなと思うことがある。」

湯の中で裸の母は言った。最近幽霊の話が多いな、と私は思った。

「なんでだろう？　でもそう思う。それで毎回、体に触ったり、まわりの壁に触ったりして、確かめてみる。」

「死の淵に行ったことはないけれど、その感覚はなんとなくわかる。」

　私は言った。

　髪の毛が濡れていてもおでこが出てしまうほどの強い風と、海や木々を揺らすめくるめく光の散乱。それが私の心をもはるか遠くに飛ばした。

「誰にも知られずに、この街の中でくるくる動いて死んでいくなら、生きていることを特にまわりの人以外誰も知らないのなら、死んでいるのとあまり変わらないのかも。」

　母は言った。

「人はみんなそうなのかもね。それで気楽になる人と悲しくなる人がいるとしたら、私は前者だな。」

　私は言った。

「潮が満ちて、引いて。太陽が沈み、夜が来る。そんなくりかえしは誰も見ていなくても毎日行われている。海の底では魚が日々生活している。卵を産み、育ち、捕食されたり人に釣られたり、生き残ったり朽ちて海の一部になったり。それと同じような一生を過ごしている。それ以上に安心できることはない。

「おまけの人生だと思うと、すごく安心するのよ、私。」

　母は言った。

「あのとき、目を覚まさなかったら、今はないってことでしょう。そのことだけはいつも私の中にフレッシュな感覚としてあるの。だから、今日をどう過ごしても、おまけの中の感覚だから、自由だなって思う。それでさあ、私が人生でしたことってなんだろう？　って考えたら、結局あなたたちを産んで育てたこと、それしかないんだな、って思った。」

「それに値する自分たちだといいんだけれどね。」

私は言った。

私たちもママはいるだけでいいっていつも思ってるよ、と心でそっと思いながら。

「ああ、それはもうふたりとも行きすぎてるくらいに合格。」

母は言った。母の濡れた髪の毛がほほにはりついて、セクシーではなくふざけた感じで、それでも私はこの光景を心に焼きつけたかった。

「ママ、どうして子どもってほしいなと思うの？　今まで好き勝手してきて、自分のことばっかり取り組んで、それに飽きる頃にそろそろだなってなるの？　それとも好きな人がいると自然にできちゃうものなわけ？」

私はたずねた。小学生に戻ってしまったような質問だ。

「私もご存知の通り双子を一回産んだことしかないけれど、なんていうのかなあ。知ってる人にやっと会えた、みたいな感じ。知りたくて知りたくてしかたなくて、心も体も会いたくなってしまうというか。自然なことだよ。逆に、子どもに恵まれない人だって必ずなにかの面倒を見るようにはなってるんじゃないかな。魚や植物や店や姪っ子甥っ子近所の子、なんでも。自分が満たされないからほしくなるんじゃなくて、だいたい自分っていうのが読めてきたなっていう頃に、神様が天使をつかわして幅をぐっと広げるみたいな感じだったな。」

母は言った。そして続けた。

「みんな、なにかを育てたり面倒見たり世話したりしてるじゃない。世界はそうやって回ってるんじゃないかな。ヤクザだってそうだし。」

「今の話でわかった！　録画してた『アジョシ』を昨日観たのはママだったんだね。観ようとしたらいきなりエンディングでびっくりしたんだ。こだちが観たのかと思った。あんな怖い映画観るなんて珍しい。」

私は言った。

「実はねえ、ママはウォンビンが好きなのよ。」

母は言った。

「ああ、そう言えば死んだお父さんは彼によく似ていたね。」

私は言った。

「バレたか。」

　と、母は微笑み、続けた。

「ねえミミ、帰りに買い出ししていってもいい？　せっかく車だから。」

「いいねえ、おつまみも買いたいし。あとでこだちが来るって言ってたし。あっちではヴェジタリアンな生活だから、肉が食べたいって。だから厚いステーキ肉を買ってこいって言ってた。」

　私は言った。

「あの子、肉の匂いをむんむんさせて帰るんでしょうね。勇さん、失望してないかしらね？　見た目とは違って意外に男らしいあの子に。」

　母は言い、

「あとの祭りだね。しかもこんなおまけたちまでいっしょにくっついてきちゃって。密かにすごく後悔してるかも。」

　と言って、私は笑った。

　母はなにも深く考えない。考えることが続かない様子だ。ごきげんに過ごすことを人生の最優先事項にしている。だからこそ、言っていることがひゅっと深くから汲み上げられて、当たっていたりする。そのとき母は言った。

「あの子、口から字が出る子。あの子こそが、肉とかがんがん食べて、体を今の年齢にしつくりくるようにすればいいのにね。話によれば取り憑かれてたときのあの子のほうが、体をエンジョイしてたみたいだものね。またいつでも親子丼を食べに来てって伝えておいてね。いずれにしてもあの体はきっと親子丼が好きなんだもの。病院にお弁当を持っていってるから、生きる死ぬ退院キャンセル、いろいろな状況やできごとがもりだくさんにあるけれど、同じ体の別人格に同じように親子丼をほめられたのはとても珍しいできごとだった。」

そうだなあ、と素直に思った。

今は今。親と暮らしている。悲しかった時代は過去。お湯に入ると熱い。風が顔に当たると冷たくて気持ちいい。それだけのこと。

母の生き方を見ていると、そういうことが大切に思える。流しっぱなしの出しっぱなし。でもだからこそ、その中にこちらのすべき動きが自然に浮かび上がってくる。

「ねえ、ママ。いつまでもこの街で暮らせたらな。そしてこんなふうに温泉に行って、いっしょにぽこぽこ帰ってくるんだ。それだけでいい。」

私は言った。変わらないものなどないと知っていながらも。

「そう思えるっていうことは、いい人生の時間を過ごしてるってことだね。私はいつもどんなときでもそう思っていたけれど。眠っていたときのことはわからないから感想はないんだけど、目が覚めたらいつのまにかあなたたちが洗濯とかそうじとか料理とかできるようになっていて、その過程を一切見ることができなかったのだけが、残念だな。今の時代は別にお母さんが教えなくたって、ネットを見てそういうことはできるようになるんだろうし、あなたたちには雅美ちゃんがいたから、自然にできるようになったんだろうけどね。でもさ、ひとつも見逃したくなかったの、そのひとつもね。」

母は心底悲しそうにそう言った。

そんなに悲しそうにしているというのに、その顔を見ていた私の心は甘く躍った。

「最近、美鈴の部屋でざしきわらしみたいなものを見たんだけど、やたらに音を出したり実際に目に見えたりする幽霊って初めてだった。これまでは、なにかの気配があるのかも？　いや気のせいかも、っていうくらいしか体験したことがなかったから、ある意味屍人より新鮮だった。小さい子の霊がいるとその家にもうすぐ赤ちゃんが来る説もあったんだけど。あっちの棟にはざしきわらしとかいないの？　勇さんの棟って奥が深そう。」

私は言った。

こだちは噂したとおりにこちらの棟で肉を勝手に焼いてたくさん食べ、食休みをしながら編み物をしていた。

こちらでシャワーを浴びてコーヒーを飲んで帰れば、肉臭くないから大丈夫だと言って。

私たちの暮らしは、定住していないキャンプのような雰囲気の中で続いていた。

こちらの棟にもこだちの着替えやらちょっとした仕事のための洋裁セットやらがちゃんと置いてある。

すごいときは「今日はこっちに泊まってく。淋しくない？」などと勇に電話をかけている。たまにはひとりになりたいであろう勇は、いつも電話の向こうでうなずいているようだ。

それでも楽だからとこちらに移り住んでしまわないところが、こだちの女主人っぽい一面だと思う。手綱はちゃんと握っている。彼の見た目が獣だからしゃれにならないたとえではあるが。

母はもうお風呂にも入ったしとさっさと自分の部屋に行ってしまったので、リビングにいるのは姉妹ふたりきりだった。

そうなるとふたりでだらだら暮らしていた頃の空気がとたんに戻ってくるのが不思議だった。

夜が永遠に続くように思えて夜更かししたくなるし、人生がこれから始まるみたいな子どもっぽい気分になる。

食後のデザートとしてチョコレートをちびちび食べながら、こだちはコーヒーを飲んでいた。私は母が患者さんからお礼にといただいた甘い貴腐《きふ》ワインをちびちび飲みながら、皿を片づけていた。母はいろんなものをもらってくる。どんぶり弁当がワンコインだからだ。申し訳ないといただく野菜果物肉酒菓子と、いつもなにか目新しいものが家にある。

編み物をひたすらに続けながら、こだちはてきとうに、

「いないよん。妊娠もしてないよん。」

と答えた。そしてこだちらしい発言を続けた。

「できなければできないで、これはこれでいい暮らしだなと思ってるんだ。なじんできたからこそ毎日感謝ばっかりしてる。朝、感謝のお祈りをしていると、そのリストが長くて長くて、びっくりする。最近はめんどうくさいから、一括にしてるくらい。ママがこの世にいて毎日会えることとか。ミミがひとりで東京にいないで近くにいることとか。勇さんが優しくて大きな背中がいつも触れることとか。だってあの人、私の小さい頃からの理想の人なんだよ。大きくて内気でふさふさしてて。それだけでもうありがたいよ。

ここには自然がいっぱいあって、ちょっとうろうろするだけですごく厳粛な気持ちになれるのに、ちょっと車で走ればラーメン屋とかスーパーとかあって便利なこととか。前の

安アパートみたいに誰がいつ入ってくるかしれない状態じゃなくて、門番さんがいて安全だから、子どもができても安全だなあとか。今思い出すと、東京の暮らしがとても遠くに思える。ふたりだけだし、なにも決まってないし、いつも心がママの病院にあるのに体はちゃんと寝たり食べたり出したりしていて、分離していた感じ。

だから今が夢のようで、毎日勇さんとか神様に感謝してる。勇さんは神様じゃなくてただの弱い男の人で、そこは決して夢見てはいない。でも、なんていうのかな、この環境を貸してくれてることに。この全部がどういう形であれいつか終わってしまうことだっていうことにも。」

「なんだ、感謝感謝って、おまえは宗教もんか？　私たちは借りてるかもしれないけれど、こだちはここが家なんじゃないの？　結婚して落ちついているんだし。」

私はたずねた。

「今の暮らしだって全部借りものだから、以前よりもずっとそうだから、逆に気が楽で。義務とか責任を感じないほうがいい、そんな気がする。あの頃のほうがよほど重い責任のようなものを感じていた。

でも人の人生ってきっといつもほんとうはそうなんだね。家も自分の体も時間も、みんななにかから借りてるんだよ。だから、それをありがたいなとだけ思ってもらっといて、今、目の前にあることじゃないことを考え過ぎなければ、人って変なことにはならないんじゃないかな。もしここに根を下ろして広げていけたら万々歳だけど、それもみんな借りものっていうか。」

こだちが言った。

私はびっくりした。

「あんたの口からそんな中庸の言葉が出るなんて、とても信じられない。」

こだちは言った。

「う〜ん、表面的にはわりと感情を出してるから、うまく伝わってなかったのかもしれないけど、実は私には昔からそういうところがあった。これは手を動かさないとものができない仕事をしている人の特徴だと思う。明日までにここまで作ろう、と思う。そうすると物理的にどうにもならない制限があるってわかる。自分の仕上げたいクオリティと、実際の時間と、体力と。そうしたら遠い先のことばかり考えたりしないし、このデザインにしたことにむりがあったのかもしれないから、ここは削ろうというようなことしか思わなくなる。そのときに現実に合わせて変更したデザインは、私にとって自然なものであり、決して妥協ではないの。」

「文章を書いたり、生活の中の仕事も基本はそんな感じだと思うけど。」

私は言った。

「文章を書いたり、人の内面を空想することって、占いみたいに、先のことを知る代わりになにか大切なものを宇宙に支払っている、そんな感じがする。」

こだちは言った。

「これはいい意味で言ってるんだけれど、手を動かさない人ってなにかに酔っ払ってる人みたいにいつもきれいなものを追いかけていて、体や時間の限界を決して考えようとしない。そこがすてきに見える。ミミも、美鈴さんも、勇さんも。あと、墓守くんはすごく体を使ってるけど、やっぱり夢想の人。そういう人たちがさぼってるっていう意味じゃないよ。手を動かすことがトップに来ていないっていうだけだからね。そして実際に限界を超えてしまう場合があるわけだからある意味偉大だし。

ママやコダマさんや雅美さんはとにかく体を使って毎日を送っている人だから、その思考の道筋が少し理解できる。でもミミたちは全く理解できないぶん、私のお仕事のアート的な側面にとっては刺激的ないい存在。でも、生きるのがたいへんそうに見える。」

「私も？」

私は言った。

「その中では、ミミが、いちばん夢見がち。」

こだちは淡々と言った。昔だったらむかっと来て突っかかるところなのだが、今の私は親のようににこにこするだけだ。こだちが生きていて、同じ家にいて、話を聞けて嬉しい。声が聞こえる、鼻の頭の脂が見える。それは今目の前にいるから。それが嬉しい。一度でも失踪されたら、誰もが家族をこう思えるようになるだろう。

「おまえのこだちって名前は、木のほうじゃなくって、刀だな。」

私は言った。

「合ってるからこそ、刺さるんでしょ。」

こだちもにこにこしていた。きっと同じような実感を持っているのだろう。

「つまらないね、私たちったら、すっかり大人になっちまって。」

私は言った。

こだちは、

「若い頃苦労しすぎたから！」

と、声をあげて笑った。

母が眠っていた頃の私たちは若すぎて、いくら落ちつこうとしてもあせっていたし、いらだっていた。

「アーティストもいれば、職人もいて、世の中がうまく回っていくのよ。」

こだちは冷蔵庫からスイカバーを出して食べはじめながら言った。

母のどんぶり熱は多少治まり、予約を取って簡単などんぶり弁当を週に二回作っている。ゆるい病院だし元患者だから黙認の形で、患者さんからも傷みにくいもののみ、家族の了解を得て自己責任でお弁当の予約を取っている。配達はもちろん私が手伝っている。

「病院のごはん、あそこは多少はおいしいけど、やっぱり味気ないからね。」

母は言って、日々手際よくいろいろ作る。

あまりにも手際がいいので、全く大変そうに見えない。丼ものとお漬物だけだから手順が合理的だということもある。お漬物はぬか漬けではなく塩漬けで、台所にある重石をした甕《かめ》で勢いよくぷつぷつ発酵している。部屋じゅうが若干酸っぱい感じだが、いい匂いだと感じる。まるで酒蔵のように部屋全体が清らかないい感じに包まれている。冷蔵庫に入れると勢いがなくなるから外で作るのと母は言う。

「私、最近ほんとうに忙しくなってきたの。私が衣装をやった劇団からひとりスターが出てしまって、そこの演出家さんとはずっとお仕事をしてきたから、ギャラも上がったし、私の服がすごく注目されちゃって、笑っちゃうことに、取材が来たりしてね。見て。」

こだちは言い、Ｋｉｎｄｌｅを見せてくれた。

女性誌の見開きで微笑んでいるこだちの写真。妖精のような服を着ている。

横にはその劇団の写真やスターらしき若い男の写真。

「こんなかわいこぶった顔、よくできるね！」

私は言った。

「緊張してるんだから、それでも。ほっぺたが固まっちゃって。」

こだちはそのときに戻ったように両手のひらでほっぺたをほぐして、変な顔になりながら言った。

「でもすごいね、こだち。おめでとう。こだちはずっと服を作ってきたから。」

私は言った。

「ありがとう。そんなに素直に言ってくれるの、ミミだけかもしれない。あとママ。そうは言ってもママにはいまいち、私のたいへんさがわかってもらえてない気がするんだけど、すごく応援してくれていることだけはわかる。

とにかく昔の知り合いからは、この劇団と演出家と私が急に売れちゃったから、地獄のように妬まれてるから。びっくりするくらい露骨に嫌われてるよ。玉の輿に乗った上に仕事まで持ってくのか？　って。」

こだちは言った。

「地獄ならもういっぺん行ってきたんでしょ、大丈夫。」

私は言った。

「うん、全然平気。それに私は外でどんな目にあっても、ここに帰ってきたら、すごく静かに過ごせるから。おかえり、と言ってくれる勇さんがいつも丸い背中で本を読んでる。それを見るとものすごくほっとする。変わらないで流れる時間がここにはあったんだと思う。彼は本を読んでいたら一切退屈したりしない人だから。こっちに来ればママとミミにも会えるし。

東京は前と違って住むところではなくてお仕事に行くところだから、きっぱりと切り替えられるし。ここにずっといたら退屈だけれど、家族がみんなそろっている帰ってくる場所だと思ったらいつも一刻も早く帰りたくなる、外にいるとき。」

こだちは言った。

もうこだちの心配をしなくてよくなったことが、どんなに嬉しいか。それはいちいち言うべきことではなかったから、言わなかった。いつもいつも徹夜で服を作っていたこだち。デザインだけでいいときでも、必ず試作品を作って着心地や動きを確かめずにはいられなかったこだち。いつも自腹で、持ち出しで。

永遠の職人さんでありリアリストの妹。

いつまでも届くことのない不思議な距離の人物よ。

＊

私はまた虹の家に行った。

少女はいた。多少やつれてはいたが、ちゃんと生身の身体で足音もたてずに部屋の奥からケロッとした顔で出てきた。そして私の顔を見るなり言った。

「なんだかガチャガチャしたにぎやかなエネルギーがこちらに向かっていると思ったら、あなただったんですね。消えるときは、ちゃんとごあいさつにうかがいますよ。夢の中かもしれませんけれどね。悩みもないのに、こんな怖い場所にしょっちゅう来るものではありませんよ、私は今は仕事もしていませんし。」

まだ消えてなかった、と半泣きになった私の気持ちをすっかりお見通しの様子で、彼女は言った。

「ガチャガチャしててすいませんね、本日は質問がありましてまいりました。」

私は言った。

生きていてくれてよかったと言葉にしたらするりと逃げてしまうだろう。誰とも人間関係を作らないで来た人だ。

「今だけはなんでも無料ですよ。なにも当たらないかもしれませんけどね。よかったらお茶でもしながらお話しましょう。お茶を飲んだら帰るんですよ。ここは今少し次元がおかしいから、あなたの心身になにが起きても知りませんよ。」

彼女は言った。

そして私を居間に通し、ゆっくりと湯を沸かし、紅茶の支度をした。

私はそれを凝視するわけでも目に焼きつけるでもなく、眺めていた。バレエのように指の先まで流れのある動き。もしかしたらもう二度と会えないかもと思う人の動きを眺めるってなんて神聖なことだろうと思いながら。

「この間、私の夢にお別れに来たのはこちらのお姉さんであるということがほんとうによくわかりました。あなたの言う通り、お姉さんはあなたの創りだしたものではなく、生きてここで働いていたということも。

でも、やっぱりどうもわからないのです。だとしたら、私の後ろに感じられたとおっしゃった、私の友人の美鈴の家にあんなにはっきりといる霊の子どもは結局なんなんでしょう？」

私はたずねた。彼女はさらさらと水が流れるようにすぐ答えた。

「エレメンタルというものを知っていますか？　ダスカロスと呼ばれるギリシャの神秘家

が語っている概念なのですが、人がものに対して特殊な思い入れを強く持つとそのものに魂が宿り、命のようなものを持つようになる。実際に不思議な現象が起きるようにもなる。それはその人の潜在意識と地上の法則のコラボレーションなのです。極端な例ですが、少し前にタイで流行《はや》ったルクテープ人形というのもそれと似たことだと思います。まるで人の子どものような人形を毎日世話していると、だんだん不思議な現象が起きるようになってくるというものです。半分くらいは持ち主が創りだしたエレメンタル、後の半分はその辺をさまよう霊だと思うのですが。

　あ、わかってもらえたようですがもう一度しつこく、前もって言っておきますけど、姉はそれではないですよ。私は姉と実際にはっきりと対話していたので。

　それでは美鈴さんを支えてきたものが実際に彼女の弟さんの霊だったのか？　と問われたら、それこそそれはやはり、もうひとりの美鈴さんなのだと思います。

　私と姉とはケースが違う匂いがします。美鈴さんは孤独に耐えきれず自分を救うために、エレメンタルを創りだした。それに弟さんの名前をつけた。そういう順番なんだけれど、ちょうど弟さんの死と向き合った時期が重なったり、子どもだったからその区別がなかったというかね。

　美鈴さんはあまりにも精神の力が強すぎるので、そのエレメンタルをずっと生かしたままで伴っているのかもしれません。赤ちゃんを持つという概念と共にその記憶のパワーが強くよみがえって、おかしな形で姿を現したのかもしれません。なんて言うのかな、現実に夢が漏れ出してきてしまった、そんなイメージですね。

そういうものは変な形で生命を持った悲しい存在かもしれないけれど、この世にあるからには、私は否定はしません。

ただ、そのような形で無意識にでもなにかを生み出してしまうことの弊害は、彼女の人生に必ずあると思いますよ。彼女はそれに気をつけていったほうがいいと思います。時間はかかると思いますが、あなたもそれに力を貸してあげてくださいね。とても大切なことです。

それでも、美鈴さんと弟さんの霊の間にほんものの愛が出現していれば、天のおとがめはなしなのかもしれません。裁くのは自然の法則と自分の魂だけなのでね。

でもね、私はそれはもしかしたら彼女の赤ちゃんかもしれないなってまだどこかで思ってますよ。姉ならきっとこのぼんやりした私の二重の観え方を一刀両断して真実を観るでしょうけど。私の能力なんてその程度なんです。

私はどこかで思ってます。きっとおてんばな女の子なんだろうなって。もう名前は考えているとみなさんおっしゃるおつもりでしょうが、その子のほんとうの名前は別にあります。それはちゃんと母である彼女が発見してくれます。勘が勝負の人ですもんね。でも……あなたのお友だちの男性が、今回起きるいろいろなことに沿っていけるかどうかのほうが、彼女が母親になれるかどうかより、よほどむつかしいと思いますよ。男性というものは、とにかく繊細で弱いですからね。危機なのはむしろ彼です。」

汚れで少し曇った窓の外を吹く海風が、ガラスを揺らす音。茂った木の葉が大きくしなる音。

そんなものが私たちを取り巻いていた。まるでヒースクリフを求めてキャシーが夜毎にやってくる「嵐が丘」の館のように、この家は幽霊の話をするのにあまりにもふさわしい場所だった。気持ちが沈む。しかし私はもう知っていた。明るい気持ちをほんとうの意味で支えているのはこの沼底の泥なのだと。だからこそこの場所は神聖なのだと。

私のそんな思いが伝わったのだろう、彼女は急に話題を変えた。

「そうですねえ、そんなに心配してくださるのはありがたいことだから、私がまだまだ消えないようだったら……そして、仕事を少しでも続けられるようなら、犬でも飼いますかね。シェルティがいいですね。もちろんその犬だって、私より早く死ぬかもしれません。でもそうしたらきっと私はまたなにかと暮らすでしょう。そうでないと、こんなふうに訪ねてくる人があったときに、ちゃんとしたことを言ってあげられないですからね。」

まさかの犬占い……格が上がったのか下がったのかもあまりよくわからないなあ。と私が思っていたら、少女は私を見てくすくす笑った。きっと心の中がだだ漏れだったのだろう。彼女は言った。

「だからねえ、犬ではとても姉の代わりにはなりませんよ。犬の心の中はシンプルすぎて、なにも見えてきませんからね。

あなたがこだちさんを手放す気持ちがなかったように、姉は私にとって唯一の身内だったので、姉とずっとあんなふうに過ごしていたいと、心から願っていました。姉はあなたが思っている以上にちゃんと生きていろいろ話していたんですよ。でも私以外の人には聞き取れない。だから私がこの世にいるうちにちゃんと見送れて良かったのです。

まあ、ある意味では存在を変えて大きく散らばっていくだけで、みんな消えてはいないんですよ。だから淋しくないです。ただ、触れるぬくもりはほしいから、動物と暮らしたり、人に会ったり、この世にいられる限りは、最後の瞬間までいようと思っています。」

「それを聞いて、安心しました。私の夢ってたまに変に当たるので、あなたが消えてしまったんじゃないかと思ったら、やはり悲しかったんです。それで、思わず来てしまいました。」

私は言った。

少女はまるで星空を見るようなうっすら細めた目で、私を見た。

そして、不思議な声で言った。

「ミミさんは、面白い人ですね。あなたがあのお友だちを思う気持ちは、運命というか、確かに流れを少し変えたんですよ。もともとのあのとき観た流れでは、あなたはもしかしたらお花とお墓の彼と子どもを持つかもしれなかったんです。そして除霊のお友だちが、喜んでその状況を受け入れて、その子のおばさんみたいなものになっていっしょに育て、いずれにしても傷は癒される。そういう気配がありました。

でも、ミミさんは、その不思議な力を使ってあのお友だちとお友だちに取り憑いた霊と、両方を深く癒したんですね。とてもいい仕事しましたよ。そうしたら、きっと運命がちょっとだけ、パズルのピースを入れ替えたみたいに入れ替わって、逆転したんだと思うんですよ。その全てが愛によってなされたことを、私は祝福と感じます。」

私は心のメモ帳に高速でその言葉たちをメモしていた。わからなくても覚えておいたほうがいい。墓守くんと子どもを作る？　オエ〜、無理。と思いながら。

「ただ、人間ってとても愚かなものですからね。悲しみも嫉妬も決してこの世から消えることはないですし。嵐が来て、また一回転。どうなるんでしょうねえ。私は、その全てを愛おしく感じます。こんな静かなところにいるせいでしょうか。そういう雑多な風景をとても温かく幸せなものだと感じます。」

少女は言った。

私はとりあえずその発言を覚えた。後になって意味がわかることが多いから。そして言うべきことを言った。

「とても大切な助言を聞きました。ちゃんとお支払いします。」

「いえいえ、リハビリ期間のことなので、私のうわごとだと思ってくだされば。実際に自分がなにを言いたいのか、よくわかってないんですよ。口がしゃべるままにしているだけで。もしも次回いらしたら、ちゃんといただきますから。」

少女は微笑んだ。目の下にほんの少しくまができている。観ることに精気を使ったのだ、と思った。喪中なのに申し訳なかった、犬よ早く来てくれと私は願った。

「ああ、そうですね。犬が来たら、きっとあなたにはわかるはず。そのときには首輪をプレゼントしてください。花柄かドット柄のうんとかわいいものをね。楽しみにお待ちしてますね。」

少女は言った。

うなずきながら「なんでも伝わっちゃう、やりにくいったらありゃしない」と私は思った。

その言葉は気楽には立ち寄ってくれるなという意味であり、縁を切らないでいいよということでもあり、さらには犬が来たことは知らせないから、勘でわかって勝手に来いということだ。

かわいいというキーワードからは犬の性別はきっと雌だということもわかった。そこまで読み取らないと話し合えない上に、読み取ったかどうかもわかられてしまうという、実にめんどうくさい関係そして存在だった。

帰り際に、玄関で靴を履きながら私は勇気を出して言った。三万円くらいしそうな華奢な靴べらを手に握りしめたまま。

「ひんぱんに遊びに来たりしないし、友だちになろうとも思ってないです。でもこの街にいるかぎりきっと縁は続くだろうと思います。あなたは私の人生の中で、めったに会わないけれど重要な人物ですから。よかったら、あなたの名前を聞いてもいいですか？」

それは秘密なので言えません、と言われたらあっさり帰ろうと思った。

背丈が彼女と同じくらいある大きな陶器の花瓶の脇に立って、私をからかうようにじっと見つめ、彼女はぞっとする輝きを伴った意味深な笑顔を浮かべた。

「聞いたら後には戻れませんよ。」

最悪の返事だった。彼女といると、ただでさえ生気が減っていくような気がするのに。

でもすっかり慣れた。こんなことに慣れたくはないけれど。

「もうどっちにしても戻れないから。」

私は笑った。

「ミノン、といいます。」

彼女は言った。

「石けんの名前みたい。教えてくださって、ありがとうございます。次回はお支払いができることを、復帰してくれることを、私は願っています、ミノンさん。」

私は笑ってそう言い、重いドアを閉めた。そして溺れかけた人のように新鮮な酸素をたくさん吸った。あわいの世界から、生の世界へ戻っていくために。

＊

家に帰って荷物を置きソファに寝転んでいたら、しみじみとわかってきた。確かに美鈴のほんとうの幸せはもしかしたら私と墓守くんの子どもの面倒を見ることだったのかもしれないと。

自分の腹や気持ちはそこまで痛まず、能力は損なわれず、ただ愛だけは見つけられる。

彼女の性格上嫉妬はなさそうだ。私のほうがまだ嫉妬心を持つ可能性があるが、想定さえしていないことなので全くわからない。

この運命のバリエーションがどんな意味合いで用意されたのかは誰にもわからない。降って湧いたものではなさそうだ。私やみんなの一瞬の判断の積み重ねが、私と墓守くんが子どもを作る方向を呼ばなかった。誰もその風をキャッチしようとしなかった。そんな感じだろうか。

とにかく今の私にはそんな気はさらさらない。うっかりありそうだったとしたならば、都築くんの死がそのタイミングを完全に滅したな。さすが都築くん、やるときはやるな。変なパワーを持っていたもんなあ、私の新しい人生の幸せをちょっと壊すくらいは命がけでやってくれてしまいそうだ。

でも、申し訳ないことに私の人生は全く快適なままだった。墓守くんとやるかやらないかなんて、私と墓守くんの関係性の中では「今日はカレーにするかと思っていたが、カレー屋が閉まっていたから、中華にしよう」くらいの変化でしかない。

ただ、子どもとなると話は別だ。子どもは作ったふたりのものではなく、別の人格だ。この世に出てきたなら環境さえ丸ければ勝手に育っていくが、母体が私であるかないか、それは大きな違いだろう……だから、よかったのだ、この形のほうがみんなが仲良く明るくいられる、と思いながら、私はいつのまにかうたた寝していた。

あの家に行くと緊張してどっと疲れるが、そんなことを気にしていたらおもしろ体験はできないし、感謝を行動で伝えられない。

私の半分は完全に寝落ちていたが、半分はしっかり目覚めていた。

ドアが開いたのを感じて、あ、ママ帰ってきたんだ、と思ったからだ。

母は自分の部屋に行った。がさごそと部屋着に着替えている音がした。それからドアが開いて洗いものの音が聞こえた。洗濯機も回し始めた。この時間から？　と思ったが、母にはよくあることだった。できるときにできることを時間帯に関係なくする、昔からそういう人だった。物音が近所に与える影響を考えなくていい今のこの家では、ますますでたらめになった。

その気配をすっかり全部感じながら、まるで金縛りにあった人のように目も開けず体は動かさず、うとうとしながらソファで横たわっていた。

いつのまにか私の頭の中の夢のスクリーンには美鈴の部屋に行ったときの映像が映し出されていた。冷蔵庫、冷たいお茶、床の感触。目に入るものがみんな白で、まだちょっとだけペンキの匂いがするあの部屋の中。

私の心のカメラのレンズが部屋の一部をズームして映し出す。それは、私の記憶にはっきりした形では残っていなかったものだった。こうして映像の記憶として思い出して初めて見えてくるもの。

その古ぼけた布の人形はほとんど姿が見えないところに隠すように置いてあったが、夢の中の私の目の端に映っていた。

美鈴の家の窓辺のカフェカーテンみたいなものの後ろに、ベッドのように長細く真っ白いシルク地のクッションが置いてあって、そこにちらっと見えた人形の頭。赤いキャップをかぶっていた。

ああ、そうか、これはひろしくんのお人形さん。当時幼い美鈴を守っていたものの象徴なんだね。

絶対的な確信をもってそれがわかった。

どんな目にあおうと、この人形があれば、幼い美鈴は生きていられたのだろう。

美鈴がこの人形をだいじにしていることがわかって、美鈴を虐待する存在たちは捨てようとした。美鈴は実家にいるとき命がけでずっとこの人形を隠していた。だから私にも気配がわからなかったし、私はそのとき動き回る幽霊に気を取られていて、こんなところにひっそりと座っていた愛の存在に気づかなかった、そういうことか。

「おばあちゃん、ひろし、お願いだから帰ってきて。」

幼い美鈴が泣きながらしぼりだすように言う声が聞こえた。文字が出てくるわけではない、ちゃんと空間を震わせる生の声。

この頃はまだ声が出ていたんだと思った。

美鈴の味方がどんどん死んでいく、無間地獄《むげんじごく》だった日々を想像した。夢の中の感情は自分を圧倒するほど大きく、実際に体のふしぶしが痛んだ。感情は実際に人の肉体に響くことが、夢の中だと誇張されて出てくるからよくわかるのだ。

そして悟った。

いつも私が美鈴に会おうと思って会いに行っても、美鈴に会えるとは限らないのはなぜか。

メッセージを出しても、返信があるとも限らないのはなぜ？

実はこれは一方的な関係なのだ。

そう悟られないように思いやりを見せているのは美鈴のほうで、彼女はまだぜんぜん、いつでも人に返事をしたり、会えるほどには立ち直っていないのだ。もしかしたら一生そうなのかもしれない。

私たちに気をつかって注意深く隠してはいるが、そのくらい彼女の精神状態はまだ手探りなのだ。もちろん墓守くんはそれをわかっているだろう。だからこそあんなにクールに接しているのだ。

私くらいの距離感だったら、次に会えたら、そのときが会うべきときだということ。そのときに話したいことだけを話せばいいということ。墓守くんのことや、人形のことや、お墓のこと、そんなたわいのないこと。

互いに今生きてここにいる、だからゆっくりなほどいい。会いたいと思ってくれるだけでもう壮大な可能性が拓けているからあとはなにもいらない。

気持ちが急に草原を渡る風のように、広々とした感じがした。

母のたてる生活の音が、その中にそっと柔らかに流れていた。

「こだちと私が両方崖からぶらさがっていて、どっちかしか助けられないとしたら、どっちを助けますか？」というようなことを、母にたずねるところまで考えないで済む今の生活はほんとうに幸せだと感じた。私はその幸せを酸素のように今一度甘く吸い込んだ。体にゆきわたって力になるまで。このような日々が、少しずつ形を変えながら、アメーバのようにうごめき調整されながら、一日でも長く体験できますように、と思った。

それこそが、美鈴が墓守くんに出会うまで、ほとんど持ったことがないもの。人間にとってもしかしたらなにより大事かもしれないもの。

次にうっすらと誰かの面影だけが見えてきた。美鈴のおばあちゃんのようだった。おばあちゃんは施設らしきところにいた。

周囲がぼけていてはっきりとは見えなかったが、物音や、車椅子、そしてたくさんのお年寄りの気配がある。蛍光灯が煌々と床を照らしている。拭きやすすくつるつるした床だった。床の模様ばかりがなぜかよく見えた。

美鈴のおばあちゃんは腕やくるぶしが少し変形していて、かなり調子がわるそうだった。目のあたりが美鈴に似ていた。おばあちゃんはもうほとんどこの世にいない状態なのに、あの人形を作っていた。私に見えた古ぼけたものとは全く違う色あざやかな男の子の人形。

美鈴を守ってあげて、とおばあちゃんは一心に針を動かしていた。

横には人形がかぶっていた赤いキャップがすでに作られて置いてあった。

執念でもない、祈りでもない、もっと深く大きな命をかけた光。

おばあちゃんは父方のおばあちゃんなのだろう。恐ろしい母親とは全く無関係に美鈴を思い、できれば引き取ろうと思っていたけれど、病気になって動けなくなってしまった。ひどい環境に美鈴を残していくのがいやで、市に手紙を書いたり、近所の人たちに電話をかけたり、会いに行ってはもう無関係だからとののしられたりして、おばあちゃんはがんばったんだな、そう思った。

でもうそのがんばりも力つきるときがきた。なんてむごいことだろう、とおばあちゃんが思っているのがわかった。あの子にこれからどんな試練が待っているのか、できるかぎりのことをしていきたいし、もしも自分が死んでも意識が残るなら力を貸してあげたいと。

これって人類にできる最も偉大なことかもしれないよなあ、と私は思って眺めていた。

おばあちゃんはふと顔を上げた。私に気づいたようだ。ということは私は上にいるのか、と思った。こっちのほうがよほど霊だな、と。

おばあちゃんからは祈りしか伝わってこなかった。あの子はいい子、幸せになっていい子。神様でも誰でも、そして美鈴に将来出会うみなさん、どうか手を貸してあげて、そう訴える瞳はひたすらに透明だった。

時間がかかっても必ずその祈りは届く、そう確信している瞳だった。

「おばあちゃん、大丈夫、ほぼ達成してる。美鈴は家を出た。彼氏もいるし、友だちもいる。子どもをほしがってる。なんだかんだ言って、ちゃんと育った。今は元気なんだ。」

私は声に出して言った。

そうだ、美鈴は元気なのだ、そう思った。それ以上なにを望もう。

ミミ、なに言ってんの？　あ、いけない、寝てる人に話しかけちゃいけないんだったわ、と現実の母の声がした。

とたんにおばあちゃんが遠ざかっていく。アクセスが切れる。

祈りは帯状になった虹の色をしていた。ゆらゆらと動いて、遠くまで広がっていく。なにがなんでも抱きしめて離さなければよかったという後悔の色にも染まっていたが、虹はその後悔の暗い色をだんだんと透明に染めていった。朝焼けの光のように。

おばあちゃんの服から漂ってくる古いタンスの中みたいな優しい匂いが、目を覚ましてもまだ私を包んでいた。

夢の中でなら死んだ人に時空を超えて、今でも過去でもない場所で会えるのなら、いったい死とはなんだろう。

たとえば屍人たちはあんなにアクティブに動き、飢えているのに。彼らを使役させたという言い伝えがあるが、どうやって手なずけたんだろうか。食べ物でだろうか？　それとも牛や象を棒で追うように？　食べて動いているのに、彼らは死んでいる。

そのことよりも死者に夢で会うほうがよほど生きている感じがする。

美鈴のおばあちゃんは、今もどこかの次元で祈っているのだろうか。それとも私が過去を訪ねたのだろうか。そのどちらでもいい、と私は思った。人に魂のようなものがあり、それぞれが小惑星のように違う色や大きさを持って宇宙空間に浮いているのなら、そしてそれが唯一無二のものであれば、なにかしらアクセスする手立てがあるということだ。自分の中の深いどこかに、全てに出会える次元がある、そう思うとわかりやすい。

あれはほんとうにあったことだと私は思った。私の願望や気のせいではないだろう。おばあちゃんに私の声が届いて、祈りが確実に叶うだろうことをおばあちゃんが死ぬときに確信できるといい。時間を超えて安らぎが届くといい。それはありうることだと思った。時間はただ流れているものではなく、つながったり前後がずれたり変わったり、無数のあり方があるように思う。

＊

同じ人物のまわりをうろうろしていることには変わりないので、美鈴には一週間後くらいに自然に会うことができた。近所にいるってそういうことだ。

仕事以外だったらわざわざ出かけて人に会う必要がない生活だった。都築くんが私のしがらみ的なものの最後のひとりだったのだ。

墓守ビングに行ったら、墓守くんは買い物に出かけていて、美鈴だけがテントの前で静かにココアを飲んでいた。まるでだいじなものを抱くように、カップを手で包んでちょっと背中を丸めて。美女だからこそ背中を丸めているといっそう子どもっぽく見えて、彼女が失った年月を墓守くんという保護者のもとで今猛然と取り返していることが実感として理解できた。

「しょうちゃんのつくるココアは最高なんだ。たまにけんかして別れたいと思ってもココアで踏みとどまることができるほどに。」

美鈴は笑顔でそう言った。口の両はしにはココアの茶色がついていた。

「よかったね。」

私は言った。甘い飲み物にはあまり興味がないので一口くれとさえ思わなかった。ただおいしくてよかったねと思う、それが友だちというものにおける重要な感覚だ。

となりに腰を下ろして、墓守くん用の水の容れ物から、水を出した。湧き水だからほんとうにおいしい。しかも大きな氷を入れて冷たくしてあった。その絶妙さに思わずうなってしまった。なんと贅沢な生活を彼はしているのだろう。

なにうなってんの、という文字が彼女の胸元に落ちた。

「水がおいしい。」

と私は言った。彼女はうなずいた。

空の下で並んで何かを飲むだけで、特に何も話さなくていい。好きとか嫌いとかいちいち考えない。

口から自然に言葉が出るのに、そんなに時間はかからなかった。雲の流れを見ながらの、動きのある風景の中で。まだらに街を染める光も雲と共に移ろいゆく。

「美鈴のうちに美鈴のだいじな人形がある？　あれは弟の人形なの？　それともあのざしきわらしと関係があるの？」

私は言った。

「なんでわかった？　あれ？　このあいだ見せたっけ、見せてないよね。」

美鈴の顔には驚きと、そして恐怖があった。この顔を見たくなかったんだよな、と私は思った。自分の組み合わせた手をじっと見た。いやな時間だった。でも私は続けた。そう決めていたからだ。

「夢で見たんだ。確信はないよ。ただ、小さな男の子の人形が、美鈴の部屋にいたなっていうことがわかった。」

私は言った。

美鈴は淡々と話し始めた。

「弟のひろしが赤ん坊のときに死んで、嘆き悲しむわしにおばあちゃんがひろしの人形を作ってくれたんだ。それは霊のひろしと直接の関係はないけど、もちろん密接につながっている。ひろしがちゃんと育って大きくなったらこんな男の子になっただろうねっていうお人形。おばあちゃんはそのあとすぐ死んだ。パーキンソン病で。わしを引き取ろうとして行政に働きかけてくれていたのに。

おかげでそのあとの数年、地獄を見ざるを得なかった。母親の再婚相手が最悪だったのだが、彼が一見まじめそうに見えて口も達者だったのでなかなか保護してもらえず、たいへんな目にあったんだ。

おばあちゃんが死んだときにはこの世には神も仏もないなって思った。でも、そのことがわしにあの環境から脱出する勇気を与えたので、やはり神も仏もおばあちゃんもひろしもみんな、結局はわしを守ってくれたのかもしれないと今では思っている。あの年齢で思い切って家出をしなかったら、今きっとわしはこの世にはいない。

おばあちゃんは言っていたんだよ、いつもいつも。必ず美鈴を引き取るからって。もしそれができなかったら、こう思いなさいって。世界は広い。あなたは今そこでしか生活できないから、地獄だと思うだろう。でも、よく目を開いて考えたら、今いるところが異常なのであって、世界にはそうでないところのほうが多い。そこを目指していなさい、計画しなさいって。

言い方はもっとおばあちゃんっぽく素朴なものだったけれど、内容はそんな感じだった。

　自分が死ぬのがわかっていたんだろうなあ。おばあちゃんの震える声でスマホのレコーダーに吹き込まれた、ひとりであるいは安全な人に協力してもらって軒先を借りて野宿したり、まんが喫茶に泊まる方法とか、洗濯とそうじのしかたとか、人の家に世話になった場合に心がけなくてはいけないことや気をつけたほうがいいこと、施設に入る場合の選び方、そこでのしゃべり方。何回も、暗記するほど聴いたよ。

　それから、親たちの虐待をなんらかの形で録音、録画、撮影しておきなさいって言われた。それもすごく役に立った。近所の人に見せたら、面倒ごとには巻き込まれたくないからって通報はしてくれなかったけれど、食べものをくれたり、ひと晩いられる場所を提供してくれたりしたし。」

　あまりにも夢で見たイメージが正確だったので、我ながら驚いてしまった。私こそが占い師になったほうがいいのでは。でも違う。私のこの力は愛する人にしか使えないから、プロにはなれない。それならば近隣の人を愛するプロにだけなろうと静かに思った。

「まあ、そもそもわしがひろしの霊だと思っているだけで、あれはわしのハイアーセルフとかおばあちゃん含むご先祖様とか、離婚のあとすぐに死んだ実の父親の気持ちのかけらとか、そういったものなのかもしれないけれどね。

　でもとにかくおばあちゃんの形見である人形のひろしに関しては今もちゃんとうちにい

よ。もうぼろぼろだけど。あんなに裁縫がうまかったおばあちゃんなのに、病気になってから作ったものだから縫い目がよれよれなんだ。そこがまた愛おしくて。」

美鈴は私を見て言った。

夏の終わりの夕暮れに、時報のチャイムの代わりに、永遠の愛を歌った名曲が流れ始める。この曲はこの街全体にしみわたって街の暗い歴史を毎日癒している。

一瞬心は、遠くに広がるきれいな青い布のような海まで飛んでいった。白い鳥が空で光る。西のほうにピンク色が広がる、あの高みまでも。

「そうそう、ひろしのキャップがぼろぼろになって穴があいてるから、ミミに会えたら託してこだちさんに直してもらおうと思ってたんだ。」

美鈴は言って、ポケットから小さな布のキャップを出した。

私はそっと両手で受け取った。

ポケットの中に入っている太い革のキーチェーンにキャップの後ろの部分をそっとつないでさらに輪にして留めてポケットに入れた。人形はいつまでも決して大きくならないのに、実際のキャップにならってそこを作っているおばあちゃんの心にまた打たれた。うっかり失くすわけにはいかない。

「こんなだいじなものを、こだちが直してもいいの？」

私は言った。

「うん、今この街にいる証拠に上書きしたいんだ。あの人なら理解してきれいに直してくれる。そう思っていたから、さっきひろしの人形の話題が出てぎょっとしたよ。ミミってなに？　サイキックなの？」

美鈴は不思議そうに私を見た。

「そうでないとも言えないし、そうとも言い切れない。実に中途半端な存在なのです。」

私は笑った。

「いいね、そういうのがいいよ。役割とか使命とかそんなんじゃなくて、ただいて、流れのままにくらげみたいにふらふらしてて、いつのまにか人を心底から救ってるみたいなのがね。」

美鈴は言った。口のまわりにひげのように丸くココアがついた、泥棒みたいな顔で。

＊

美鈴は眠いから寝ると言って階下に引っ込み、私はまだ景色を眺めながら水を飲んでいた。しばらくすると両手に花を抱えて墓守くんが帰ってきた。

買ってきたものや摘んできたもの、草や枝、いろんなものを。最近ではひとり暮らしのお年寄りの家の庭の手入れをして、きれいなつぼみのついた枝をもらってきたりしている彼だった。彼は花や木の名前を全部知っているわけではないが、どこに何色のどんな花があっていつ頃咲くというこの街の地図は彼の中にすみずみまでできている。彼は日中いつも動いている。だから体もいつも細くて引き締まっている。

「なにか手伝うことあるかなと思ってまだここにいたんだけど。さっきまで美鈴としゃべっていたの。」

私は言った。

「あ、じゃあ水切りだけ頼んでもいいかな?」

墓守くんは言った。

私は花を受け取り、バケツに水を入れた。視点を変えたら視界のはじっこにちらっと緑色が見えた。

「墓守くん、洗濯物が飛んじゃって柵の外に引っかかってるよ。」

ほんとうになにげなく私は言った。

墓守くんのよく着ているTシャツ、薄い緑色の生地に大きなメロンが描いてある私の大好きなシャツが、渡してあるロープから外れて、屋上の柵を越えたすぐ下の屋上のへりのコンクリ部分に引っかかっていたのだ。

「落ちたら後で拾うから大丈夫。そのままにしておいて。」

墓守くんはそう言った。花をより分けながら。

真上に見えた空はまだ怖いくらいに真っ青だった。

私は何の気なしにすたすた歩いていって少し柵にもたれかかり、Tシャツを拾おうとした。手を伸ばしたらすぐのところにあったのだ。

墓守くんは叫んだ。

「だめ！　そこ全身でもたれないで！　古いよ！」

そんなに一生懸命叫ぶ彼の顔を見たことがなくて、その顔はちょっとセクシーだなと私は思った。それどころではないのに。

柵がぐっと曲がり、私はTシャツをつかんだままバランスを崩して不安定な網の上にもたれた。目の下に地面が見えた。

落ちる、そう思った。

こんなにあっけなく、人生は終わってしまうんだ。びっくりした。

さっきまであんなにいつものように生きていたのに、私はもうこの世からいなくなる。

この高さはそういう高さだろう、冷静にそう思っていた。

スローモーションで墓守くんが走ってきた。私はつかんだ手元のTシャツの薄い緑を見ていた。

最後に見るのがこのきれいな色。そして真っ青にピンクが増していく空も変な角度で見える。それから墓守くんが本気で走る姿。その真剣な顔、自分の命を捨てた表情に、ありがとう、と思った。

私の視野はほんとうはこんなに広いのか、全てを見ているようだ、そう感じた。

永遠のように長かったその瞬間、私のポケットに入っていた人形ひろしの穴のあいた帽子を失くさないようにつないでいた革のひもが、柵の角の出っ張ったところにぐっと引っかかった。

私の体は網の上でぴたりと止まり、運動神経がとても良い私は柵のわきの細い柱をつかんで必死に屋上のコンクリートの床に転がり込んだ。同時に墓守くんも私を全身で引っ張って床に転がった。後には外側にぐにゃりと曲がった金網があった。

「ひろしくんの帽子が助けてくれた。」

私は仰向けに寝転んだまま言った。目の前に虹のような光がわあっと広がったのを見た。それを透かして少しずつ色が濃くなってゆく空が見えた。

心臓がドキドキしていた。ほんとうだったら今頃私はこの世にいなかったか、大ケガをして救急車を待っているはずだ。

しかし私はなにか大きなものに抱かれていた。私といっしょに転がっている墓守くんのぬくもりではない、もっともっと巨大で優しくて光り輝いているものがそこにはいた。見えたわけではない、確かに感じられたのだ。

その考察は、墓守くんが起き上がって私の手を握るまでの一瞬になされたものだった。頭の動きが速すぎて、現実がひどくゆっくりに見えた。私は彼に引っ張られて起き上がった。

「ごめん、警告の言葉を貼っておくべきだった。あんなはじっこに誰も行くはずがないと思いこんでいた。」

墓守くんは真っ青だった。

「いや、私の不注意だから。私がわるい。」

私は言った。雲はなにごともなかったかのようにゆっくりと動いていた。私がいてもいなくても世界はちゃんと動いていく。

「ママが目を覚ましてからの、そしてこだちが戻ってきてからの人生に、なにひとつ悔いがなく、私は完璧に生きていたことがすごくよくわかった。あの人たちにどんなに感謝してもしきれないっていうことが。墓守くんにもね。」

私は言った。

「だから、ありがとうしかない。どう終わっても問題ない。」

墓守くんはまだ半泣きで、あやまりつづけていた。

そして、

「よかった。」

と言った。

「うん、よかった。人生っていつどうなるか、ほんとうにわからないんだね。いつ死ぬか。」

私はあたりまえのことを言ったのだが、かつてない実感がこもっていた。

人生は一度きりとか今ここことか、そういうことがリアルに体に入ったのである。

「もしかしたら、ママはまだ寝ていて、こだちはママを探しに行ったまま消えて、私は眠り病になって、そこからずっと夢だったのかもしれないしね。墓守くんも、美鈴も、黒美鈴も、みんな夢でね。」

墓守くんはやっと少し顔に血の気が戻ってきた半泣きの感じで、

「それじゃ、都市伝説だよ。そんなのいやだから。」

と笑った。目の端には涙がひとつぶ。

彼のほほのピンクとひげのそりのこしの青が、鮮やかに見えた。

生きている、動き続けている生命の美しい色だった。

この短い時間に私の中にいっぺんに入り込んできた力を、私はまだうまく言葉にできない。爆発的な「わかった」感が、私の細胞のすみずみまで一気になだれこんできて、突然に世界と自分が一体になった。そして全てが美しくて、人がこの世に描いている星の数ほどのあらゆる創作物は、ビルとかお金とかも含めて世界の完璧な秩序への憧れを表現したものなのだと悟った。

水を浴びるとそのあと体が急にぽかぽかになるとか、鍼《はり》を打って良くなるとか、そんな感じで、「死ぬかも」と全身がいっせいに思ったので急に全てが活性化されたのだろう。

まだこの世にいられることを、私の若い体はただただ喜んでいた。歓喜といってもさしつかえないほどのその感覚は、私ではあったが、私と分離して体といっしょに生きていた。

こだちも母もこんなところをくぐってきたのだ。とんちんかんながらも優しいはずだ。そしてもうコダマさんたちと普通にいっしょに暮らすことができないわけだ。それもわかった。別の世界に半分足を入れないと、暮らしていけない。

まばたきもできないほどのドキドキした状態なのに、百万ものそういう答えが頭の中でぐるぐる浮かんでは消えた。

「ああもう！　こんなのいやだ。ただ人が減っていくのはいやだ。僕は彼女と子どもを作るよ。もうこのさい、睡眠薬を飲みものに入れたり、寝てるところを鍵開けて襲ったりしてでも作る。」

墓守くんは涙声で言った。その声が風に乗って、街へと流れていく。西のほうから雲がオレンジに満たされてゆく。

「減ってないって。そしてそれじゃ犯罪じゃない。考え直して。墓守くんって、ものすごく老成して見えるけどまだちゃんと年齢通りのところがあるんだね。」

私は言った。声が少し震えていたけれど、だいぶ元に戻っていた。

「いや、たとえだけれどさ。ほんとうにごめん。僕がわるかった。」

墓守くんは床にへたりこんだまま言った。

「ぶっそうすぎるよ。でも、その決心はなんだかいいね。芸術家はやっぱり闇も持ってないと心配だし。」

おかしなテンションのまま私は言った。

「ねえ、墓守くん。お茶を一杯もらえない？　このまだドキドキしてる体をこの世につなぎとめてもらうために。」

「僕も……僕にもお茶が必要。」

墓守くんは言って、震える手で水を湯沸かしポットに入れた。

「秘蔵のダージリンを淹れる。」

「美鈴の人形のキャップが私を救ってくれたんだ。」

私は言った。

「そう、その帽子をかぶった弟の人形は彼女の命綱なんだ。飛行機に乗るときも肌身離さず持っていた。部屋に置いていけるようになったのはここ数年のことだ。」

墓守くんは言った。人がお茶を淹れる背中の線は美しくて、いつまでも見ていたいと思う。

「墓守くんに出会って、この建物の中が彼女にとって安心できる場所になったんだね。」

私は言った。空のまぶしさをまだ愛でながら。

「あれほどまでに頼られたら、人形だって命を持つよ、そう思った。あの人形はおばあちゃんの心のかけらなんだ、彼女にとって。実際あの人形の魂に彼女は守られていた。僕まで救ってもらったことがある。その時刻の電車に乗らないほうがいいとか、今日は蛇が出るから藪《やぶ》に入るなとか、そういうアドバイスで。実はね、言われていたんだ。」

墓守くんは言った。

「なんて？」

私は顔を上げた。墓守くんは青ざめていた。

「昨日ここに来たとき、美鈴が『ひろしが言ってるんだけど、その金網直せって』って。だからさっき業者に連絡して下見に来てもらう約束をしていたところだったんだ。ほんとうにごめん。美鈴の言うことだからすぐに動いたんだけど、応急処置をしておくべきだった。Tシャツが飛んだのも全く気づいてなかった。」

「ぶじだったし、そうしてちゃんと行動してるじゃないか、大丈夫だよ。私の不注意だったんだし。」

私は言った。もし落ちて死んでいたとしても、私は彼を恨まないだろう。心からそう思っていた。それはすごいことだ。

「君がどんなに大切か、ほんとうによくわかった。そして大切な人を大切にするためには、日々もっと頭をはっきりさせておいて、迅速に動かなくちゃいけないってことも。」

彼は言い、お茶を淹れる動作で少しずつ彼の心が落ち着いているのがわかった。それによって私がほっとするのはなぜだろう。それは今同じ空間を共有しているからだ。お互いの心の振動が空間を震わせているから。それは初めは小さなさざなみでも少しずつ波打って世界にも影響を与える。私たちが生きて発しているこのちっぽけな震えは、そんなにも大きなものなんだ。

「そんな甘い言葉を青ざめながら言われても。」

私は笑った。そう、子どもを作りそこなったらしいほど仲の良い私たちだ。

「それに、このことだって、きっと宇宙とか、空とか、海とかから長い目で見れば、帳尻が合うことなんだよ。私たちがあれこれ考えたって、しかたない。」

柵の向こうに目を移すと、夕方近い光に激しく照らされる海が見えた。あんなに大きな水がこの星の上でたぷんたぷんしていることがすごい。そんな中で私たちなんて一瞬で消えていく砂つぶだ。その砂つぶの中にある宇宙は無限の宇宙と呼応している。その法則の前で意図的にできることなんてやっぱりなにひとつない。意図したとたんに無限の入れ子のように、その意図も法則に組み込まれる。

確信して、楽になる。波が寄せては返すように。夕暮れに鳥がいっせいに巣に帰っていくように。なにもしなくていい、なにも目指す必要はない。

＊

そのぼろぼろの帽子、その上私の命を救ったせいでちょっと伸びて裂けかけている……を私がこだちの棟のこだちのアトリエ部屋に持っていってそれを見たときのこだちの顔といったら。

一生忘れられないだろうと思う。

こだちは丸い目をさらにまん丸にして、

「このクソ忙しいときに、なんつー重いもんを預かってきた。」

と言った。

「ごめんごめん。でも他の人には触らせたくないって言うから。人助けだと思って。今度なんかおごるし。」

私は言った。

「うん、わかってる。人助けだってことは。失敗したら命にかかわる感じがするから、ちゃんとやる。」

こだちは言った。

「これをかぶっている人形のおかげで私の命も救われたんで、よろしくお願いします。」

多くは語らずに私は言った。こだちは私を一瞬じっと見た。美しい瞬間だった。透明な目、その奥にいつも潜む私の魂への敬意。

こだちの部屋は「本家の奥様」にしてはそんなに大きくない。

アトリエと自室がくっついているひと部屋で、トイレはいちいち廊下に、お風呂は上の階に行かなくてはならない。勇の住んでいるフロアはペントハウスでとにかくなんでもそこにあるのだ。勇はこだちにずっとそこにいてほしかったみたいだし、こだちは実際寝に帰るのも食事も勇の階で取っているのだが、一日のかなりの長い時間、そのアトリエと自室の、もと客間だったところにいる。

こだちらしいインテリアの中で、きれいな布に囲まれて。

「まずはていねいに手洗いして、清めて、お日さまの光や風にほどよく当てて、裂けそうなところをきれいな糸で変に装飾をせずに縫い綴じて、裏からパッチワークで補強して。とにかくやりすぎないようにする。すごく変わるんじゃないかな。彼女の心の中が。」

こだちは帽子をまるで小鳥のひなのように手にそっと載せて、つぶやいた。

「もはや呪術の域だね。」

私は言った。

「舞台衣装って、どこかそういうところがあるんだよ。服が実際よりもずっと大きく見えたり、背景の役割を果たしたりする。もしも私が物語をちゃんと把握できていたらだけどね。」

こだちは言った。

「だからあんたの手がける舞台は人気が出るんだね。」

私は言った。

「すごく傲慢に聞こえるかもしれないけれど、脚本を読んでやばそうだったり、衣服が浮かばなかったらお受けしないもの。私にできることがあるような内容だったら、いつだって本気でやる。」

こだちは言った。

私がふらふらしているあいだに、なんとちゃんと大人になっていることかと私は感心した。まあ、私はふらふらするのが仕事なのでしかたがない。フーテンの寅さんのようなものなのだ。じゃあ、こいつはさくらか、と思うとちょっと考え込んでしまったのだが。

こだちはすでにどう直すかに夢中になって、机に向かってキャップをたまに手にとってはメモを書いたり布を当てたりしていた。

「ねえ、これをかぶっていた人形の写真ある？」

こだちは言った。

「そう言うだろうと思って、送ってもらった。おばあちゃんの形見なんだって。」

私は言って、ひろし人形の写真を探した。人の写真のように、生きている感じがする。夢で見たあのおばあちゃんが作ったんだなと私は思った。美鈴の弟をイメージしているだけに、ちょっと美鈴の面影があった。

いったい何が私を救ったのかわからない。ひろしの帽子を預かったことかもしれないし、美鈴の霊感が私に迫る危機を察知してこれを持たせたのかもしれないし、私の運動神経かもしれないし、墓守くんの言葉かもしれないし、美鈴のおばあちゃんの祈りかもしれないし、あのざしきわらしかもしれないし、ひろしの霊かもしれない。もしかしたらその全部がミックスされたものかもしれない。

ただ、父のときと同じ、命のはかなさを思った。一瞬であちらの世界に行けてしまう。人は人を痛めつけることもできるし、このように死んだのちなお人を救うものを作ることもできる。

奥が深すぎて、今は好きと言い切れない。

「素朴ないい顔の人形だねえ。やっぱりチェックとか、ブルーとか、男の子らしいかわいいつぎを裏から当てて縫い目の広がったところだけ少し直すかな。」

こだちは言った。そして持っている布地のサンプルを引き出しから出してまた創作の世界に入っていった。

「よろしくお願いします。美鈴がちゃんとお支払いするって。」

と言って私は部屋を出ようとした。

「ただでいいよ、これがほんとにミミの命を救ってくれたんでしょ。私にはわかるの。布のことだから、見たらわかるのよ。だからなんとしてもただにする。」

振り向かずにこだちは言った。

＊

その夜、私はまた夢を見た。夢の中で夢と気づくタイプの夢だ。

全くこれまでの流れと関係ない内容、そしてまるでＴＶを観ているかのように画面がはっきりしていて、それが現実ではないということが、目が覚めてもしばらくピンとこなかった。

屍人がいなくなって、あるいは少なくなって、私の能力は夢のほうにより強く出るようになっているんだろうか。そんなことを考えながら、夢の中の私は見知らぬ街を歩いていた。

気づくと私のとなりには、知らない女の子がいた。つやつやのリップグロスの感じしか覚えていない。目が細くて色っぽくて、ストレートの茶色い髪をさらさらゆらして話していた。顔を見ようとするとかすんで見えない。直感的に、ああ、この人はもうこちら側にほとんどいないか、私との縁が消えかかっているのか、どちらかなのだなと思った。

淋しくはなかった。ただ、占い師のお姉さんのときと同じ、なにかが終わっていくんだという気配だけを感じた。なごりおしい、切ない、でもその感情さえもどこか甘い。そんな感じだ。夏の最後の一日の光のような、人生の甘み。

「私がいちばん好きなのがスヌープ・ドッグだから。小さいときからヒップホップを聴いてて、大人になったらすぐアメリカに行こうって思ってたの。私、見た目はニッキー・ミナージュを目指してたし。今となっては、外見に注ぐあれほどまでの熱意が消えて、なんでそうだったのかわからないほどなんだけど。」

聞いたことのない声だった。

「ちょっと待って、あんた誰？　それ、なんの話？」

私はたずねた。

「だって、私死んじゃったんだよ？　生きてるときいちばん憧れてたことをついみんな実行しちゃったの。ほんと、ごめん。あとはまかせた。ちゃんと、わるいとは思ってる。そしてミミ、ありがとう。」

ああ、こいつ、黒美鈴か。ええと、泉ちゃんだっけな？　ほんとうはこんな顔と声だったんだね、まだ子どもだったんだな。

私はなにか言おうとするけれど、声が出ない。言いたかった。あんなことがなければ、趣味も年齢も住んでいる世界も全く違うあんたとは、きっと会うことはなかったんだね。悲しい出会いだったけれど、それでも会えてよかった、と。

黒美鈴はにっこりと微笑んだ。伝わっているようだ。

「それからね、ミミ、あれは男の子じゃないよ、あの人形でもない。かわいい女の子。よろしくね。ほんとうに、よろしくね。私の持っているもの、みんなその子にあげたい。こんな気持ちを知りたかった。生きてるときに知りたかった。そうしたらもっと自分をだいじにできたかもしれない。私、いろんなことを全然知らなかった。今になって心から誰かを助けたいと思う気持ちがわかった。だから、どうかよろしくね。なぜか今あの人にはコンタクトできなくて、ミミにしか会えないから、ミミに伝えたの。ミミ、ありがとう、ごめんね、よろしくね。」

くどいくらいくりかえされるありがとうとごめん。さてはおまえ、バカだから語彙がないな？　そもそもアメリカって言い方が、漠然としすぎてるんだよ、と私は笑って言い返そうとしたけれど、言えなかった。もうどの州にもどの都市にも彼女は行けないのだから。彼女の耳鳴りがしそうなくらい必死な声。涙のにじんだ目の奥に仏像のような優しい光が宿っていて、吸い込まれそうだった。それでも全体像ははっきり見えない。おまえはついに仏になったんだな、そう思った。そして、さっきからいったいなにを言ってる？　そう思ったとき、ぱっと目が覚めた。

なにがごめんなのか、私にはさっぱりわからなかったが、そうとうなレベルの迷惑をかけてくるごめんなんだろうなあ。それだけはわかるわ、そう思った。

起き上がり、冷蔵庫から水を出してゆっくり飲みながら、スヌープ・ドッグを検索して、懐かしくてしばし部屋にその音楽を流した。それからニッキー・ミナージュの見た目を検索した。なるほど、確かに取り入れてたみたいだ、そう思った。きっとあの子、育ったらこんなふうにがっちりしたセクシーな体型になって、顔もちょっと似てるし、こんな感じになったのかもな。そう思ったら無条件に涙が出た。そこには彼女が二度と得ることのないものがあった。ニッキーがちゃんと生きて育って勝ち取った、その輝き。

朝の光の中、力強いラップが流れて、元気が出た。気分はわるくなかった。私はまだ生きてるし、それでいいか。生きていてよかったと思えているし。夢の中でまでいつも。

日に日に空が高くなり、秋がすぐそこにやってきていた。

色とりどりの紅葉が山々や街中を染める光景を想像して、私は思わずいっぱいに息を吸い込んだ。すでに落ち葉の匂いがしてくるような澄んだ空気だった。母がやたらに換気をするから、家の中はいつも外の空気の匂いが少しだけする。

雑誌を整理していて見つけた、なにかのおまけだったキアヌ・リーブスの下敷きを、あの家のポストに突っ込んでこよう。ダサいデザインがあの家に似合わなすぎて最高だから。でも今日はミノンには会わない。あの家に行くには今日は天気が良すぎるから。察知した彼女が玄関から出てこないように勝負をかけてひっそり行こう。すごいスリルだ。でもきっと読まれてるんだろうな。あえて出てこないでひとりニヤニヤするんだろう、彼女は。そしてポストの中の下敷きを手にとって、ため息をつくのだろう。

私はそのままひとり車を走らせて今度こそ岬のカフェに行って、バナナジュースを飲みながら空と海と崖を眺めよう。

どんなことがやってきたとしても、半分は波まかせの脱力感で、半分は全身全霊で集中。まるでサーフィンのようにこの心と体を信じてゆくしかない。

やってくるであろう嵐の前の静けさの中で、私は武者震いを感じた。

あとがき

一見サスペンス風味に終わっているが、先ゆきバレバレの今巻です。今のところは、五巻あたりで本編は完結、あとはスピンオフをえんえん続けるという計画を立てていますが、どうなることでしょうか。全てがへなちょこな墓守くんのへなちょこ度合いにかかっていると思うと、書いている私さえも手に汗を握ってしまいます。

うっすらとモデルとなっている館山の街（夕方五時に流れるのは、もちろんX JAPANの「Forever Love」です）を少し離れて、鋸南《きょなん》のほうまで取材に行った。戦争の爪痕を、漁業と農業の日々の営みがだんだんと覆っていった様をまざまざと見て、ああ、平和ってすばらしいと実感した。

特攻隊の船を隠すための手掘りの洞穴は今は魚網置き場に、カタパルト式滑走路の跡には普通に畑があり、農家の方々が野菜を作っていた。

元自衛隊で今は千葉で石けんなどを作っている森山倫亘さんに取材に同行していただき、千葉のいろいろを教えてもらったけれど、いちばん印象的だったのは農家のおばさんに「カタパルト跡を見せてもらえますか？」と無料で敷地内をさんざん見学させてもらったあと、遠くでおばさんが重そうな荷車を引き出したら、森山さんが「お姉さん、僕持ちますよ！」とさっと手伝いに走り、荷車を引きながら世間話をしながらいっしょに歩いている姿で、ああ、こうして各地で人々に愛されてきたんだろうなあ、あの隊の人たちは、と思った。

人が手を動かす現場って常にすばらしいものだ。私だったら、畑の中を通らせてもらうのだからとりあえず手みやげを持っていくとか、不自然なことを考えてしまっただろう。「見せてもらっていいですか？」からお手伝いに至るその交流の自然さの中に、人間というものの本質を感じた。お金じゃないしモノでもない、媚びでもない、遠慮でもないし、侵入でもないし、これからもよろしくでもない。

すばらしくないことは、常に現場以外か、上のほうで起こっている、そんな気がする。

森山さん、ありがとうございました。

みなさま、読んでくださってありがとうございました。よかったらまだおつきあいください。シリーズ最大級のへなちょこさを予定している、次の巻「ミモザ」に続きます。

コロナデブ真っさかり　吉本ばなな

文庫版あとがき

ほんとうに、生きていてくれるだけでよかったのに。デザイナーの中島さんが病を得てあっという間に亡くなり、今はこの本を作ったときのことを恋しく思うばかりだ。

私はこれからも書いていくし、生きていくだろう。

これからもすばらしいデザイナーの方たちが、夢のような装丁をしてくださるだろう。大久保明子さん、ありがとうございました。あなたのすごい力で私の涙が乾きました。

それでも私の本を創る人生は、中島さんがいるときと、いないときでくっきりと分かれてしまうのだろう。二度と戻れない日々はやたらに輝いて見える。

しかし、せめてこれからも良い本を作り、世界を一ミリでもいい場所にするために、死ぬまで挑んでいくしかない。負ける戦だとわかっていても。

その過程の中にこそ、良きことの全てがすでに入っているのだから。そしてそれが報酬なのだから。

私の落ち込みが元に戻らなくて、幻冬舎の石原正康さん、壷井円さんにはいろいろお気遣いいただきました。ありがとうございました。

ほんとうなら今頃は台湾か香港に居場所を作ってひんぱんにそちらにいるはずだったのに、コロナめ！　と思いながらも、これも運命なんだな、とゆるく思っている。まあいいか、日本もいいし。まだ行ったことない土地もたくさんあるし。

そういう感じでいろんなことをわりとダメダメにやっているが、これでいいんだな、と思っている。これこそが、コロナ禍が私に唯一くれたものかもしれない。

このシリーズは読み返してもやはり奇妙でとてもわかりにくいのだが、一度その寓話の分量をふまえたコードのようなものが摑めると、実人生にものすごく役立つんじゃないかな、と改めて思っている。

結局はミミちゃんが少しずつ心に元気を取り戻していくっていうことなのだが、ほんとうにどこかにいる人のように愛おしく思う。

幼い頃に父親が死んで、母親がずっと寝たきりで（異世界の血が入っているとしても）、どうにかこうにかやってる人なんてたくさんいるから、こんなの苦労知らずの人の話だよ、と思うこともできるが、彼女にとっては全くその素質と違う人生に意図せず入ってしまったわけで、やはりそこは「大変だったね」と言ってあげたい。

まるで秋のようにあたたかい冬の午後　　吉本ばなな

この作品は二〇二〇年十月小社より刊行されたものです。
JASRAC 出 2208674-201